www.tredition.de

Christian Habuch

3XJulie

Roman

www.tredition.de

© 2019 Christian Habuch

Verlag & Druck: tredition GmbH, Halenreie 40-44, 22359 Hamburg

ISBN
Paperback: 978-3-7497-1838-2
Hardcover: 978-3-7497-1839-9
e-Book: 978-3-7497-1840-5

Zehn Stunden Fahrt, der Arsch schmerzt, dort wo die Knochen sich durch die Muskeln und die Haut arbeiten wollen. Ich bin müde. Freiburg kann ich nicht sehen: "Wo sind wir? Ist doch Freiburg?"

Ich frage: "Wie lange musst du denn heute noch arbeiten?" Deine Augen greifen nach mir. "Danke für den Hinweis Tom!" Sowas habe ich noch nie vorher gemacht, eine Frau so direkt gefragt, einfach das tun, was ich hier und jetzt will. Ich brauch es so sehr, hatte nur noch Träume und Sehnsucht nach Geborgenheit in der letzten Zeit. Nach der Trennung inklusive Scheidung war es jahrelang wie Dauerregen im dunklen Urwald und dessen Dach senkte sich sehr langsam.

Wir haben uns soviel geschrieben und bevor wir uns das erste Mal sahen, wussten wir schon sehr viel voneinander. Das war Anfang dieses Jahres, als du mir vier Wochen später aus Brasilien das Messer in den Bauch gestoßen hast. Nach der gescheiterten Ehe warst du die erste Frau, die mich im Schleudergang im Herzen traf.

Zu spät! Wir schaffen es aber noch gerade rechtzeitig alles vorzubereiten und dann gehen wir da rauf und legen los. Vorher flog noch ein Lichtmann vom Himmel und hatte einfach nur Glück.

"Liebling, ich liebe Dich!" Ein Märchen, so schön aus dem, aus deinem Mund erklingenden, Schloss. Ein Schloss aus roten Backsteinen mit vielen verschiedenen Anbauten und Erkern, nicht kitschig, aber doch sehr verspielt. Ein Schloss aus perfekt intonierten Tönen deiner weichen Stimme gesungen.

Deutschland wird immer kleiner! Der Fisch kommt aus Fischtown! Rotbarsch in Bierteig vom Händler um die Ecke – lecker! Hier gibt es nur Nordsee in der Innenstadt und das ist für mich kein Fischgeschäft! In Wremen war der Fisch versalzen und viel zu teuer! Morgen fahren wir wieder zurück. Achthundert Kilometer sitzen, lesen, pennen und die vorbeifahrenden Autos wahrnehmen. Vielleicht mal ein kurzes und ernstes Gespräch mit Tom oder Matti-das wars. Ich hatte mir ein Lebensziel von vierzig Jahren gesetzt, als ich sechzehn war, nun bin ich schon weit darüber und kann alles genießen, sollte alles genießen. Ich bin jung, jung hält jung! Die meisten meiner Schüler sind noch Kinder, teilweise mögen sie mich sehr und setzen mich auf Wolken. Sowie ich ihnen begegne, bin ich drauf auf der Wolke, für ein paar Stunden.

Braune Augen und dunkle Haare sind meins! Die Wellen am Meer, der Blick hinaus, in die Sterne sehen, der Mond, ist das Liebe? Sali hat mir, bevor mich ihr Messer traf, viele Fotos aus Brasilien geschickt, zu viel, ein ganzes Album quasi. Die Iguazú-Wasserfälle in Argentinien hat sie auch abgelichtet, sehr beeindruckende Bilder, sie ist darauf glücklich zu sehen. Mit ihrer besten Freundin steht sie vor dem Wahnsinnspanorama in der Luft.

Wir befinden uns im Schlosshof und müssen bis kurz vor Mitternacht arbeiten. Wir wollten heute in den Wald, aber sie hat jetzt keine Lust mehr. "Julie was ist, warum willst du nicht mehr?" Keine Antwort, stattdessen Körpersprache, die ich nicht verstehen kann. Jedes Wochenende durch Deutschland fahren, immer mit den gleichen Menschen auf engstem Raum, im Neunerbus. Manchmal fahren nicht alle mit, dann kann ich mich auf der Rückbank hinlegen, aber im Rücken drückt der Rand der Sitzschale. Stolz berichte ich dem Kochclub am

Sonntagabend: "Wir waren in Dresden, waren in Basel, in Belgien, Amsterdam, in Saas Fee, Flensburg, Koblenz, Mainz und Stuttgart, oh bin ich müde!" Aber im Grunde genommen hab ich von den Orten nichts gesehen. Abends ankommen, arbeiten und morgens vom Hotel auf die Autobahn. Ich frage nochmal: "Warum Julie?" Die Antwort folgt wieder in ihrer Körpersprache. Gekrümmt sitzt sie neben mir auf dem Bett und blickt ins Leere. Mit Maria war ich fast zehn Jahre zusammen, fünf Jahre davon verheiratet. Wir haben uns sehr gut verstanden und uns nie gelangweilt. Irgendwann haben meine Hormone kapituliert und ich habe sie deswegen nicht mehr im Bett bedient. Trennung und Scheidung waren das Ergebnis meines bekloppten und auch für mich unverständlichen Verhaltens. Ich habe sie geliebt und tue das immer noch auf eine gewisse Art. Es sind so zweiundzwanzig Grad, für "fast in der Schweiz" im Juli ganz schön kühl, aber ausreichend, ist ja auch schon nach acht. Wir haben uns damals 1998 im Chor kennengelernt und sie wollte mich gar nicht haben. Ich war damals zu wild, zu fertig und abgerockt, aber sehr lieb und hübsch irgendwo! Ich bin Stier, ich habe gekämpft, sie in meinen Besitz genommen und sie, die exotische Maria, beschützt. Wir waren da noch kein Paar und trotzdem war sie meine! In Sinsheim steht die Concorde! Als ich klein war, war da nur ein Acker! Wir sind gar nicht so weit entfernt von Sinsheim. Oben vom Meer dauerts richtig lange dahin! Hier unten sind die Sommer lang und erdrückend warm, Wind gibt's kaum, nur mal Sturm! Maria kam und blieb, obwohl sie ging und jetzt ist sie weit weg, in Frankreich mit ihrem Mann und ihren zahlreichen Töchtern. Sie wollte mich heiraten, ich wollt es nicht, aber hab mich überreden lassen. Ich dachte, die Frau ist Klasse, wir verstanden uns prächtig, also was soll's, heirate ich sie. Auf der Hochzeitesfeier gab's keinen Alkohol, einige waren echt sauer deswegen und kamen aber trotzdem. Ich fand das gut ohne Alkohol, dadurch konnten wir früher heimfahren. Die Hochzeitsreise führte nach Wien, im Nachtzug, ich konnte nicht schlafen und sie wie ein Murmeltier. Wien war schon geil!

"Wir wollten in den Wald, Julie!"

Das Schloss ist weiß und wir sind im Hof, überall sind Menschen, ungefähr achthundert. Das Hotel ist im Schloss und ich habe ein Einzelzimmer, sehr gut! Drei Restaurants gibt es hier, wovon eines sogar einen Stern hat und nur Biozeug serviert. Wir essen im Weinkeller und die Kellnerin bewegt sich wie eine Tänzerin, ist auffällig nett und aufmerksam. Sie sieht auch noch sehr ansprechend aus, hat dunkle Haare und dunkle

Augen. Ich rede gleich als erster mit ihr ein paar Takte am Tresen und bin fasziniert von ihren dunkelbraunen Augen und der einladenden Ausstrahlung. Ihr Name ist Julie.

Verlassen werden, von einer, die man liebt oder sich an sie gewöhnt hat. Oder, das lebendige Spielzeug wird einem weggenommen, das Lieblingsspielzeug, das Wichtigste, um sich groß zu fühlen. Jahrelang wusste man gar nicht, dass man so daran hängt. Keine Heimat, niemand, für den man lebt! Es ist, als wenn Schluss ist mit dem Kokain, es dauert Monate bis die Gier, das Verlangen, die Sucht sich verflüchtigen. Ab und zu denkt man dann nochmal daran, denkt, ich hab Lust auf das Gefühl, auf den Kick, aber man lässt es. Oh Mann, wann werde ich ein neues Spielzeug, eine neue Liebe finden? Jedesmal, wenn es vorbei ist, denke ich, sowas wie die bekomme ich nie wieder, was ja auch nicht möglich ist! Ich war zu doof, habe sie nicht gut genug behandelt, zuviel rumgenörgelt an ihrem Wesen oder eben einfach keine Lust mehr auf sie gehabt. Gelogen, beide haben soviel gelogen und verschwiegen um geliebt zu werden, um Wärme zu spüren! Manchmal, auch wenn schon ein Jahr vergangen war, kannten wir uns nicht einmal annähernd. Vielleicht sollte ich beim nächsten Mal nicht solange zögern und ein Kind zeugen, denn vermehren ist doch der Sinn des Lebens! Ganz klar, dazu sind wir hier, alles andere drumherum ist Pillepalle! Vermehren, für Nahrung sorgen und beschützen, das ist es! Vielleicht beginnt die echte Liebe mit einem gemeinsamen Kind.

2009 haben sie mich gefragt, ob ich mitmachen will und ich war stolz. Dieser Job ist sehr begehrt und ich solle ihn haben. Die erfolgreichste Truppe der Gegend, jedes Wochenende unterwegs, ab und zu auch mehrere Tage am Stück. Ich muss nur meinen Job machen, alles andere ist akribisch geplant und wird meistens ohne Probleme durchgezogen. Wir haben uns auf dem Balkon getroffen und die Fakten des Vorhabens in einer knappen Stunde besprochen. Dann habe ich mich einen Monat lang hardcoremäßig vorbereitet. Die ersten Stücke hörte ich im Urlaub, am Pool in Portugal, mit dem Blick auf den Atlantik und das am Strand gelegene Fischrestaurant. Das war im Mai, also war es noch nicht heiß, sondern angenehm warm. In dieser einen Woche Urlaub habe ich die Stücke ab und zu angehört und sie am Pool oder beim Spazierengehen an der Steilküste auf mich wirken lassen. Wieder daheim wurde drei Wochen getüftelt und gefeilt und danach zweimal alles mit den anderen geprobt. Jetzt brauch ich mich einfach nur in den Bus setzen und los gehts, Geld verdienen und Spaß haben in einem! Wer kann sowas schon machen, es ist ein Risikoberuf selbstständiger Künstler zu sein. Wieviel Geld man am Jahresende verdient hat, weiß keiner im Voraus. Das ist ein

Luxusleben, viel Zeit, manchmal auch zuviel, und das ist gut für den Kopf, er fängt an zu denken! "Keine Zeit jetzt, ich will denken", sagte Schlingensief. Ich konnte mir nie vorstellen einen acht–Stunden-Job zu machen, ich habe es ja versucht, aber ich kann das nicht. Ich fühl mich bei sowas ganz schnell wie ein Gefangener. Natürlich muß es Menschen geben, die das machen, sie sind wahrscheinlich durch ihre Eltern geprägt, sodass sie es können und auch noch glücklich dabei sind. Ich bin Musiker. Als zweites Standbein gebe ich Kochkurse an Schulen. Die Kurse an den Schulen werden sehr gut angenommen. Die Kinder finden es scheinbar toll mit mir, denn sie kommen freiwillig und regelmäßig. Einige von ihnen nehmen mich sogar in den Arm, dann bin ich leicht verlegen, aber auch glücklich. Ich drücke ihnen zum Schnibbeln diese riesigen und angsteinflößenden Thrillermordmesser in die Hand. Sie gucken am Anfang meist etwas sparsam, aber wenn ich ihnen dann zeige, wie mit dem Messer gearbeitet wird und erkläre, dass es im Endeffekt viel sicherer ist mit diesen zu arbeiten, fühlen sie sich nach einigen Versuchen wie Profiköche. "Messer mit der Klinge nach unten halten, wenn du damit von hier nach dort gehst", sage ich ihnen, oder "Lass das Messer am besten immer am Arbeitsplatz liegen, ja?" Manche merken sich das tatsächlich! Und der Dreck darf ruhig mal rumliegen, auch auf dem Boden, wenns nicht zu ekelig ist, geputzt wird zum Schluss. Ich erkläre auch nicht viel zum Thema Lebensmittel-von wegen gesund und sowas. Manchmal aber lese ich den Kindern das Kleingedruckte, zum Beispiel das auf einer Ketchupflasche vor und sage nichts dazu. Die Kinder sollen einfach lernen zu Hause selbstständig zu kochen, das ist mein Ziel. Sie sollen alles selbermachen hier, vom Vorbereiten über Kochen und dann Essen, bis zum finalen Abwasch. Und zum Schluß wird die ganze Küche noch gefegt, damit die Reinigungskräfte ein leichtes Spiel haben und mich mögen. Pizza Margherita mögen alle Kinder, egal aus welchem Erdteil sie hierher gefunden haben. Ich wiederhole die Herstellung der Pizzen mit denen dann so oft, bis sie quasi in fünf Minuten aus Mehl, Hefe, Wasser und Salz einen geschmeidigen Pizzateig zaubern und, nachdem er zwanzig bis dreißig Minuten aufgegangen ist, in die gewünschte Form bringen können. Die Auflage ist ganz schnell und einfach gemacht: Passierte Tomaten mit Salz, Pfeffer und reichlich Kräutern der Provence würzen, kurz umrühren und probieren. Danach Gouda reiben und die Auflage ist fertig! Salami oder andere tierische Produkte lass ich weg, die Kinder vermissen das nicht. Logischerweise koche ich mit den Kids auch andere Speisen, aber es ist so wie es ist, alle sind aus dem Häuschen, wenn die Pizza auf der Tagesordnung steht.

"Bis drei Uhr ungefähr", sagt sie.

"Und, was machst du danach?", frage ich.

Sie lächelt!

"Hast du Lust mit mir danach was zu machen?", frage ich.

"Welches Zimmer hast du?",fragt sie.

"404!",sage ich.

"Gut, dann komm ich später", sagt sie.

"Also kommst du nach der Arbeit zu mir?", frage ich nochmal absichernd.

"Ja", sagt sie.

"Ok, dann trink ich heute nur zwei Bierchen!", sage ich.

Hey, mein Hirn mag es nicht glauben, wie ist die denn drauf, ohne kompliziertes Angemache und Gesabbel will diese abgöttische Supertraumfrau zu mir kommen, zu mir, juhuu! Noch bevor das Konzert losging habe ich sie am Tresen gefragt, habe Julie gefragt, die hier im Keller für das Catering der Band zuständig ist, einfach gefragt wie lange sie noch arbeiten muß, und es hat funktioniert.

Sali ging mir bis jetzt nicht aus dem Kopf. Als sie mich vor vier Monaten weggeworfen hat, reagierte ich so bescheuert, dass der Kontakt von ihrer Seite aus verstummte und das tat unheimlich weh. Wir haben uns ein paarmal richtig gestritten, wie ein Ehepaar. Sali und ich waren nur zwei Nächte zusammen, insgesamt noch nicht einmal vierundzwanzig Stunden. Wir haben uns aber gut zwei Wochen lang sehr oft und ausführlich Briefe geschrieben. Sie hat mein Herz geöffnet und mir nach fast zehn Jahren, mehr oder weniger Sololebens gezeigt, dass ich noch lieben kann und will. Als es mit ihr vorbei war, war ich so fertig, dass ich mir nach gut einer Woche Quälerei erstmal Hilfe bei meiner Hausärztin suchte. Im Wartezimmer bin ich fast vor Liebeskummer kollabiert. Meine Ärztin hörte sich meine Liebeskummernummer an und checkte mich mit ein paar modernen Instrumenten durch. Diagnose: "Irgendwas stimmt mit ihrem Herzen nicht, da sind Unregelmäßigkeiten auf der Vektorgrafik, also auf dem Herzschlagdiagramm, zu sehen", sagte sie. Daraufhin bekam ich eine Überweisung in die Kardiologie des hiesigen Krankenhauses und, auf mein Bitten, eine Packung Downertabletten. Zwei Tage später hatte ich den Termin in der Kardiologie. Es ging dort unerwartet zügig voran und am Ende stellte sich heraus, dass bei mir alles tip top in Ordnung ist. Die Tabletten löschten im Gehirn so einige Gedankengänge, was ganz gut war, aber nach vier Tagen setzte ich sie ab. Mein Körper wollte die Dinger nicht mehr, konnte sie nicht mehr vertragen. Sali war eine Hammerfrau, sie wollte eigentlich eine Profikarriere im Tennissport einschlagen und war schon ganz weit vorn dabei, als sie die Sache beendete. Stattdessen studierte sie gerade im Endstadium Medizin, als wir uns in der Nähe von Hamburg zufällig begegneten. Ich sprach sie ohne weitere Absichten an: "Na, hast du dich gelangweilt bei unserer Musik?" Da blieb ihr die Spucke weg und es fiel ihr schwer sich zu artikulieren. Ich war cool, kam gerade aus dem Backstageraum hinter der Bühne. Nach guten Konzerten bin ich meistens super selbstbewusst und suche im verbliebenen Publikum nach einer netten Konversation. In diesem Fall war es Sali, weil sie teilnahmslos, aber frisch und unverbraucht, mit drei viel Älteren im Foyer stand, die sich unterhielten. Ansonsten habe ich niemanden interessanten gesehen. Ich bin direkt auf sie zugegangen und habe mich vor ihr aufgebaut, die

Anderen habe ich da gar nicht beachtet. Als wir uns ansahen, blitzte es hin und her. Sie war größer als ich, zwei Zentimeter wie sich später rausstellte und schwerer war sie auch, wegen der Muskelmasse! Sali hat mich dann am gleichen Abend im Internet ausfindig gemacht und mir eine Mail geschrieben: "Bist du der hübsche Bassist...?" Und als ich das drei Tage später gelesen habe, bin ich fast von den Socken gefallen. Hey, da ist eine, die was von mir will, ja ich kann mich erinnern, wer sie ist, das ist der Wahnsinn. Dann ging die Schreiberei los und zwei Wochen später lagen wir zusammen im Bett. Ich mit einer Fünfundzwanzigjährigen, die ultraknackig und schlau obendrein ist. Eigentlich ein falscher Film, aber so kann das halt kommen, was für ein Glück! Und jetzt, jetzt ist Sali endlich schwupp di wupp verdrängt worden, mein Kopf ist frei.

Um drei Uhr hat Julie Feierabend, um drei. Ich kann mir einfach nicht vorstellen, dass sie wirklich kommt, hoffe es aber und wünsche es mir. Wir spielen unser erstes Set vom Gig und mir geht es so dermaßen gut, die will mich haben, Mann, Mann, Mann, das kann doch nicht sein. In der Pause frage ich sie nochmal: "Du kommst dann, ne?" "Ja", sagt sie gelassen. Unser zweites Set spiele ich in der gleichen Hochstimmung runter und die Zugaben leiten den Countdown zu einer hoffentlich unvergesslichen Nacht ein. Wir haben es geschafft, das Publikum war grandios und es folgen die üblichen Verbeugungen: Verbeugen, Applaus, Winke Winke und runter von der Bühne, warten, wieder rauf und das gleiche Prozedere nochmal. Zu siebzig Prozent gehen wir dann nocheinmal auf die Bühne und wiederholen die Sache. Ich finde das ist zu oft und irgendwie peinlich. Mann steht da, macht einen Diener und denkt nur: "Ich will jetzt schnell runter hier, relaxen!" Bis drei Uhr muß ich mich nun wachhalten, mit den Kollegen abhängen, Wasser trinken und ab und zu am Stehtisch mit der molligen Südamerikanerin flirten, um die Zeit zu kürzen. Die Mollige stand ganz hinten im Publikum, sie fiel mir durch ihre dunkle Haut, das fröhliche Gesicht und ihre lustigen Locken auf. Außerdem ist sie recht jung. Die meisten unserer Gäste bei den Gigs sind leider meist schon im frühen Rentenalter. Wenn meine Augen sie finden können, beobachte ich Julie nun vom Schlosshof aus, wie sie in dem großen Saal des Schlosses und in den anderen Räumen am Werkeln ist. Sie geht an mir im Hof vorbei und beachtet mich nicht, sie arbeitet und arbeitet und arbeitet. Ich werde langsam richtig müde und muss mich zusammenreißen, eigentlich schlafe ich schon fast. Die anderen

Kollegen sind, bis auf den Drummer, schon im Bettchen und träumen vor sich hin. Unser Drummer hingegen kann kaum noch stehen von den vielen Havanna-Cola. Er redet mit einem Typen, der ein Coca–Cola-Label auf der Stirn kleben hat, einen Haufen Wirrwarr. Die beiden haben unheimlich viel Kondition, Mann, die saufen lustig immer weiter.

So, ich habe Julie schon länger nicht mehr gesehen, ich geh auf mein Zimmer duschen, schön saubermachen den Körper. Ob sie wirklich gleich zu mir kommt, zu mir? Wieso hat es fast zehn Jahre gedauert bis ich wieder will, was hat mich so ohnmächtig gemacht? Ja, ich war nach der Trennung erstmal völlig am Ende und habe mich mich mit verbotenen Substanzen betäubt. Mir fiel die Decke auf den Kopf, ich bin fast wahnsinnig geworden und habe auf einmal gemerkt, wie wenig gute Freunde ich habe. Einer hat sich damals um mich gekümmert und sich für mich Zeit genommen, einer von dem ich es nicht erwartet hätte. "Der ist doch Egoist?" Nee, als es ernst wurde, hat er sich um mich gekümmert, das war ganz groß! Die Zeit heilt alle Wunden, aber dass es dann so lange dauert! Abgesehen von einigen Mini-Bettgeschichten, die nicht einmal echt Spaß gemacht haben, nur damit andere nicht irgendwas Komisches von mir denken, war nichts im Busch. Es war einfach leer wie in der Wüste. Ich habe viel gearbeitet, gemacht und getan, habe mich an das Einsamsein gewöhnt und es war dann auch alles ganz nett, aber nicht aufregend. Einsamkeit schmerzt gleichmäßig! Das Licht ist nicht aus und nicht an, es ist dazwischen, wie ein Stand-by-Zustand.

Ich seh in den Himmel und hoffe!

Mähe den Rasen, um zu vergessen!

Das Wasser im Bach steht immer an der gleichen Stelle, obwohl es fließt!

Um zwei Uhr dreiundzwanzig schreibt Julie , dass sie kurz heimgeht und dann zu mir kommt. Yes, es läuft wie am Schnürchen, Baby! Frisch geduscht und aufgepäppelt warte ich in dem kleinen aber feinen fünf-Sterne-Hotelzimmer. Es ist hier drinnen mörderisch warm trotz Aircondition. Gestern, und die Tage davor, waren hier im Breisgau noch weit über dreißig Grad Wärme angesagt und der ganze Bau glüht noch. Ich stehe am Fenster und sehe hinaus, der Hoteleingang ist rechts, wird sie dort reingehen? Nochmal ins Bad gehen und in den Spiegel gucken, ob alles in Ordnung mit mir ist. Nochmal Zähne putzen, obwohl ich das schon zweimal gemacht habe. Nochmal aus dem Fenster gucken und wieder im Zimmer wie Falschgeld auf und ab gehen. Ich drehe durch, warten auf eine Unbekannte! Ich denke nicht darüber nach, was passieren könnte, wenn sie endlich da ist. Ich habe die Zimmertür einen Spalt breit aufgelassen, dann muss sie nicht auffällig klopfen. Der Teppich ist dunkelrot, das Bett ist zwei Meter lang und neunzig Zentimeter breit. Richtige Einzelzimmer gibt es in fast keinem Hotel mehr! Der kleine Sessel ist auch dunkelrot mit hellen Buchenholzeinlagen an den Lehnen. Die Beinchen sind auch aus Buche, ist ja superstabil dieses Holz. Der kleine, runde Tisch hat eine fast schwarze Granittischplatte. Der Teppich ist auch dunkelrot mit grauen, kleinen Mustern darauf. Ob das reine Wolle ist? Die Wände sind beige und die Lampe.... "Oh, wann kommt die denn nun endlich, weiß sie die Zimmernummer noch? Klar, muss ja, ist doch einfach, 404."

Beim Kochunterricht habe ich vor einiger Zeit mit zwei Mädchen, die waren elf und zwölf Jahre alt, über eine lächerliche Entscheidung gesprochen: Wer soll bei dem Gespräch zwischen meiner Partnerin und mir den Anfang machen? Der Sachverhalt wurde von mir dargelegt und die beiden hörten aufmerksam zu. Das ältere Mädchen sagte dann sehr entschlossen, dass meine Partnerin anfangen muss. Die Jüngere fing an über ihre Eltern zu erzählen und wie die ihre Probleme gelöst haben, bevor sie sich trennten. Ich habe dabei nach einigen Minuten erkannt, dass sie eine große Begabung hat, mit Begeisterung sehr, sehr lange Geschichten zu erzählen. Sie gab keine Antwort auf meine Frage und ich wartete noch etwas, um mich schließlich unauffällig aus der Affaire zu ziehen, weil sie mit weit geöffneten und glänzenden Augen unaufhörlich weiter redete. Mit einem Bassschüler diskutierte ich darüber, ob ältere Frauen schwieriger beim Sex zu "händeln" sind als junge Frauen, wegen deren Erfahrung und so. Sind die meisten Männer nicht sowieso total egoistisch im Bett? Anfangs diese Zärtlichkeiten, Küssen, Streicheln, Umarmen und nach wiederholter Aufforderung vor der ganzen Aktion Blumen schenken! Das lässt nach bei den Meisten, ganz schnell, man merkt es gar nicht und will das auch gar nicht, es passiert einfach. Was bleibt ist meist ein erbärmlich primitiver Standardsexakt.

Da kommt Julie, ich kann sie sehen, sie kommt von links, dort, wo die von Pappeln verzierten Parkplätze sind und nähert sich mit selbsbewussten Schritten. In einer hellen Jeans und mit einem leichten Jäckchen gekleidet läuft sie an meinem Fenster vorbei und schaut kurz zu mir hinauf. Sie bewegt sich dabei unglaublich geschmeidig in den Hüften. Ihre langen, dunklen Haare sind kunstvoll hochgesteckt und glänzen ganz weich. Die Frau macht mich schon jetzt überglücklich. Nun verschwindet sie im Hoteleingang und müsste dann ja gleich hier auftauchen. Mein Herz rast und ich bin ungeduldig wie ein kleiner Hund, der sein Herrchen an der Türe hört. Müsste gleich hier auftauchen, kommt aber nicht. "Was ist denn jetzt los, wollte die nicht zu mir?" Ich raufe mir die Haare und zupfe sie schnell wieder vor dem Spiegel im Bad zurecht. Es ist zwei Uhr vierzig an einem Sonntag im Juli. Morgen bin ich wieder weg, das wird also ein sogenannter One-Night-Stand. Ich mag diese One-Night-Geschichten normalerweise gar nicht, man sollte sich vor einer Bettgeschichte schon etwas kennenlernen, sich verabreden und flirten, aber dann ist es ja kein One-Night-Stand mehr. Was solls, heute mach ich das, wäre ja total blöde, wenn ich es nicht mache. Ich denke, sie will auch einfach nur Sex. Was ich gleich tun werde, passt gar nicht zu mir! Solche Frauen stoßen mich normalerweise ab, für mich wird es uninteressant, wenn so offensichtlich das Interesse an Sex preisgegeben wird. Ich will mich schon etwas bemühen müssen, eine Frau schwach zu machen, normalerweise! Zimmer 404, sie kommt herein, ich sehe sie, oh Mann, ist sie heiß. Ich küsse sie und ihre Kusstechnik sagt mir gewaltig zu. Jetzt befreit sie sich von ihrem Jäckchen und legt es auf den Stuhl. Was jetzt? Ich setz mich auf die Bettkannte und sie steht rechts vor mir, macht den Knopf von ihrer Hose auf, zieht den Reißverschluß elegant aber schnell mit ihrer wahnsinnig schönen Hand herunter, legt die Bündchen der Hose leicht zur Seite und lässt die Hose mit gekonnten Griffen heruntergleiten. Ein türkisfarbener String Tanga mit Spitze und solchem Trallala kommt zum Vorschein. Als sie sich hochbeugt und ihr T-Shirt abstreift, wobei sich ihr ganzer Körper streckt, kann ich sie voll ansehen, kann ihre total geniale Superfigur und das Paradies zwischen ihren Beinen, noch mit Tanga bedeckt, bestaunen. Uh, wie gelähmt schau ich da hin! Mehr brauch ich eigentlich gar nicht zum Glücklichsein. -Mann, das geht aber unheimlich schnell hier, wie im Puff- Ich war natürlich noch nie in so einem Ding, aber man kennt ja aus Filmen, wie das mit Prostituierten vonstatten geht. Sie fragt, sie befiehlt leise: "Zieh dich aus!" und ich mach es dann auch sofort. Ist ihr egal, wer ich bin? Ist egal! Mir ist jetzt schon megawarm hier drinnen und ich bin ziemlich fertig, der Tag war anstrengend aber auch wunderschön bis jetzt. Sie sagt: "Ich habe ein Kondom dabei!" "Das habe ich selber!", antworte ich und beginne mir das nervige Teil überzuziehen. Was für ein Kack hier mit dem doofen Kondom rumzuhantieren. Wenn man das nicht regelmäßig macht, ist es echt eine peinliche Prozedur, besonders, wie das dann halt so ist, wenn die Partnerin ungeduldig wartet. Wir beginnen den Akt und nach kurzer Zeit sind wir beide glitschig von unserem Schweiß, der wie dünner Bratensaft aus unseren Poren dringt. Julie sieht mich nicht an, was mir gar nicht gefällt. Ich sag ihr, dass sie es tun soll und sie sieht mich daraufhin an, aber nicht lange. Ich brauch das unbedingt beim Sex, denn die Augen sind mir dann doch wichtiger als der Körper. Ich will die Extase, den Genuß, die Hingabe und auch die Angst darin sehen. Sie scheint eher nur das Gefühl zu wollen, genommen zu werden. Wer ihr das da gerade gibt, ist wohl nicht so wichtig. Während wir so am Machen sind, denke ich, dass sie eventuell eine Profinutte ist und ich bestimmt am Schluss eine fette Rechnung bekomme. Es ist für mich super anstrengend, dieses zarte Wesen will richtig heftig bedient werden und ich gebe alles bis wir feststellen, dass das Kondom gerissen ist. "Bist du gekommen?", fragt sie. "Nein, das dauert bei mir länger", sage ich. Dann ist es ihr egal und ich mache weiter mit dem Sport. Jetzt muss ich aufpassen, dass kein Tropfen Sperma meinen Körper verlässt. Irgendwann kann ich einfach nicht mehr, was mir natürlich unangenehm ist.

Ich will, dass sie kommt und frage, was ich tun soll. Sie sagt: "Ich komme, wenn ich richtig gut geleckt werde, aber das kannst du bestimmt nicht!" "Das wollen wir doch mal sehen!", denke ich. Ich beginne ausdauernd an ihrem wundervollen Körperteil zu lecken und zu saugen bis sie meinen Kopf mit ihren Händen, und scheinbar aller Kraft, ganz feste zwischen ihre Beine drückt. Ich bekomme kaum noch Luft, mache aber weiter, die Frau will kommen! Es dauert und dauert und es ist für mich sehr anstrengend. Dann kommt sie richtig gut und legt sich danach, mit Armen und Beinen ausgebreitet, zum Entspannen schräg auf das kleine Bett. Ich lege mich zu ihr, lege mich sachte mit meinem Hals auf ihren linken Arm und kuschel mich an sie ran, ich liebe sie. Nach gefühlten drei Minuten sagt sie: "So, ich muss jetzt heim, schlafen, ich muss morgen wieder arbeiten." Ich dachte, sie bleibt die ganze Nacht, aber was solls! Sie zieht sich an und verabschiedet sich mit den Worten "Vielleicht bis nächstes Jahr, wenn ihr wieder hier spielt!" Wir geben uns noch einen Kuss und dann geht sie so geschmeidig wie sie gekommen ist. Wow, das war wahnsinnig geil, ich bin stolz wie Otter, ich habe sie mir einfach genommen und eine Rechnung gab es zum Glück nicht, noch nicht! Dann schreib ich ihr kurz, dass sie wunderschön ist und habe damit einen Startschuss abgefeuert.

Seit es diese Smartphones gibt, ist alles anders. Letztes Jahr war es für mich das erste Mal, dass ich so ein Teil als Beziehungspfleger oder aber auch als Beziehungszerstörer genutzt habe. Vorher war das für mich ein Kurznachrichtenübermittler. Im Grunde genommen habe ich das Ding nur geschäftlich genutzt oder für ganz kurze Absprachen mit Freunden und meiner Ex-Frau, als wir noch zusammen waren. Als ich dann Sali kennengelernt habe, ging es los mit diesen unaufhörlichen Chat-orgien. Sie wollte unbedingt, dass ich mir diesen So-und-so-App downloade, weil ich dann mit ihr umsonst nach Brasilien schreiben und im Notfall auch telefonieren kann. Das kann tierisch anstrengend werden und in meinem Fall stressen. Der Tagesablauf ändert sich, ein Kontrollsystem beginnt zu greifen. Wann, wo, wie, falsch verstandene Nachrichten, Liebeserklärungen und Herzchen, kleine Herzchen, große Herzchen, lange keine Nachricht, fragwürdige Nachricht, kein Herzchen, keine Liebeserklärung oder halt abgeschwächt, falsche Interpretationen usw.. Die jungen Leute stresst das alles nicht so, glaube ich, sie brauchen diesen ständigen Kontakt, diese artikulationslose und nicht visible Kommunikation. Es ist doch viel angenehmer jemanden wirklich zu sehen, richtig zu reden, auch mal zu schweigen und die Körpersprache einzusetzen. Unbewusst deutet man blitzschnell die Körpersprache des Gegenübers und kann dann das fragen, was man ahnt. Berührungen können entstehen und sehr viel aussagekräftiger sein als Worte. Eine Umarmung zur Begrüßung oder zum Abschied können so viel sagen und Liebe geben.

Am nächsten Morgen meldet Julie sich bei mir und schreibt, dass ich es ihr unheimlich gut gemacht hätte, was mich selbstverständlich gewaltig anmacht. Als ich diese Nachricht lese, sind wir gerade auf dem Rückweg von Freiburg und machen einen Abstecher mit dem Bus, runter von der langweiligen Autobahn, um uns eine Location anzusehen, die demnächst auf dem Tourplan steht. Wir befinden uns gerade auf einer kleinen Straße, die steil den Berg hinauf führt und haben uns schon zweimal verfahren, sind aber alle bestens gelaunt. Ich bin besonders gut gelaunt, weil ich merke, dass sich mit Julie etwas mehr als ein One-Night-Stand entwickeln könnte. Nun erreichen wir endlich das Friedensdenkmal "Edenkoben", ein gewaltiges Bauwerk auf einem Berg, dessen Namen ich nicht kenne, und schauen uns die völlig irre Spielstätte mit großen Augen an. Hier soll das Konzert stattfinden, Wahnsinn! Von dieser riesigen Bühne hier, dem Friedensdenkmal, hat man einen kilometerweiten Blick über die schöne Rheinebene. Nachdem wir mit dem Staunen fertig sind, gehen wir in die, gleich hinter dem Denkmal liegende Waldgaststätte. Es ist wunderschön hier und ich bestell mir gleich ein dunkles Bier, denn es gibt ja einen Grund zum Feiern. Nun mach ich es wie in so vielen Restaurants oder Gaststätten: In die Küche schielen, gucken, was die da so treiben und wie die Speisen aussehen. Bedienungen beobachten und die Nase ihre Arbeit verrichten lassen. Die Speisen sehen alle sehr ansprechend aus, die Nase sagt ja und ich entscheide mich, wie die Kollegen, etwas zu essen. Unter den hohen Bäumen wird nun gegessen und wie immer irgendwelcher Blödsinn geredet, keine ernsthaften Gespräche, vielleicht sollte ich mal wieder eine Gruppentherapie machen! Vor gut fünf Jahren hab ich eine Therapie begonnen, die ich dann, nach ungefähr einem Jahr, auch erfolgreich beendet habe. Cannabis war das Problem, zum Glück nur Cannabis! Ich hatte seit Jahren immer ein schlechtes Gewissen, wenn ich das Zeug geraucht habe, es wurde zur Qual. Bevor man zur Gruppentherapie zugelassen wird, muss man clean sein, so zwei drei Wochen glaube ich, was ein Arzt zu bestätigen hat. Es war ganz einfach: Nach etlichen Einzelgesprächen wartete ich auf den Befehl, dass ich aufhören soll mit dem Kiffen. Der Befehl wurde aber nicht erteilt. Ich fragte daraufhin, wie das denn nun laufen soll. Helmut, mein Therapeut, überließ es mir verwunderlicherweise selber, die Entscheidung zu fällen, wann ich denn nun aufhöre mit dem Scheiß. Finde ich sehr entspannt diesen taktischen Zug! Ich habe es dann schnell realisiert, habe aufgehört, war beim Arzt pinkeln und nach zwei Wochen ging die Sache los. Wir saßen da einmal wöchentlich, über ein Jahr verteilt, in der Gruppentherapie und es wurde über ernste Themen diskutiert. Jeder konnte seine Geschichte erzählen und alle hörten aufmerksam zu. Es wurde nach Lösungen gesucht, nach Wegen, sich von einer Sucht ganz zu befreien, nicht rückfällig zu werden. Es waren also immer sehr persönliche und private Gespräche, die es sonst nur sehr selten gibt. Die meisten waren Alkoholiker und ich bin echt froh, dass ich mit Alkohol noch nie Probleme hatte und auch nicht haben werde. Sie muß schrecklich sein-diese beschissene Alkoholsucht. In der Therapierunde wurde ich zum Musterbeispiel, zum Vorzeigestreber, weil ich die Tipps der Therapeuten voll angenommen und umgesetzt habe. Sport, frische Luft zwei Stunden am Tag, planen und erreichen, arbeiten, Hobbys nachgehen, ohne Droge vorwärts kommen, endlich wieder aufwachen, die Liebe suchen und nicht einfach flüchten vor dem Leben. Ich vermisse diese Gespräche und schätze meinen ehemaligen Therapeuten Helmut sehr dafür, dass er es geschafft hat, mich zu überzeugen, das Kiffen zu beenden. Es war einfach und einfach genial. Als ich das Kiffen gestoppt hatte, hat es nur drei Tage gedauert und ich bin freiwillig jeden Tag um sieben Uhr aufgestanden. Die Energieansammlungen der ganzen vergangenen Jahre wurden entfesselt und endlich war ich wieder, frei wie ein Kind.

Wir schreiben hin und her, und heizen unsere Begierde nach Zweisamkeit ordentlich an. Weil ich Nägel mit Köpfen machen will, frage ich Julie, ob wir uns schnell wieder treffen können und sie meint, dass es möglich wäre, weil sie gerade Urlaub hat. Frankfurt, ein Treffpunkt für alle Anliegen. Dort sind die gesellschaftlichen Gegensätze so einschneidend deutlich zu sehen, wie in keiner anderen deutschen Stadt, finde ich. Crackjunkies, Huren und Penner zwischen Angeberhochhäusern, Bahnhof und den feinsten Läden des Landes. Reiche Geschäftsleute laufen am Elend der Gesellschaft vorbei und empfinden nichts dabei,-warum auch? Der Flughafen verlädt Menschen und Güter aus aller Welt, er verteilt sie unauffällig in alle Richtungen. Hier laufen so viele Fäden zusammen und der Großteil dieser Fäden sind kurz vor dem Zerreißen. Der beruhigende Main macht das alles vergessen und es ist schön warm im langen Sommer. Hier ist der Mittelpunkt Deutschlands, gefühlt zumindest, hier wäre ein guter Treffpunkt für Julie und mich. Vier Tage nach unserer ersten Begegnung treffen wir beide, ich aus dem Norden und sie aus dem Süden kommend, am Hauptbahnhof Frankfurt ein. Ich bin eine halbe Stunde früher dort und suche die

Bushaltestelle an der Julie bald ankommen wird. Es gibt hier unzählig viele Bushaltestellen und ich kann in den dreißig Minuten nicht die richtige finden. Da steht Julie ja schon, auf einer Treppe, gut sichtbar in einer sehr kurzen Jeans und einem sexy Oberteil, die Schuhe sind auch sehr aufregend. Sie ist mir etwas fremd als ich näher komme. Jetzt bin ich bei ihr und nehme sie in den Arm, wir küssen uns und lächeln. Ich Blödmann erwähne gleich als erstes den Sonnenbrand auf ihren Oberschenkeln, anstatt zu sagen, wie hübsch sie ist. Wir reden etwas und beschließen erstmal im Hotel einzuchecken, nehmen uns ein Taxi und fahren los. Sie sitzt auf der Rückbank neben mir und ich fühle mich wieder, als hätte ich sie gemietet, als wäre ich der Typ, der sich so eine Frau für schöne Stunden, in diesem Fall, zwei Nächte, leisten kann. Ja, ich bezahle natürlich das Hotel und werd sie hier und da zum Essen oder nur um etwas zu trinken einladen. Aber ich checke ab, ob sie auch was investiert, ob sie auch bereit ist für dies oder das zu zahlen, ich will nämlich keine Frau kaufen. Julie, sie ist zwanzig Jahre jünger als ich und kommt trotz ihres Alters von fast dreißig Jahren optisch eher rüber wie höchstens fünfundzwanzig. Irgendwie völlig irreal diese Szenerie, aber wahr. Wir werden in Kürze übereinander herfallen, werden unsere Begierde ausleben und so richtig Spaß haben, denke ich. Der Taxifahrer kennt den

Namen des von mir genannten Hotels nicht und bittet uns, das Taxi zu verlassen. Er erkundigt sich bei den anderen Fahrern, aber die wissen auch nichts von diesem Hotel. Der Fahrer bittet uns wieder ins Auto und sagt, dass er nun telefonisch Hilfe bei der Suche nach der Hoteladresse anfordert. Irgendwann gehts dann endlich mal los und wir fahren eine Weile geradeaus, dann links rum und nach ein paar Minuten, inklusive Stau, wieder links rum. Wir halten vor dem Hotel an und stellen fest, dass wir keine zweihundert Meter vom Hauptbahnhof entfernt sind. Wir sind einmal fast im Viereck gefahren und ich bezahl, etwas verdutzt, die vierzehn Euro plus Trinkgeld. Taunusstraße Ecke Moselstraße, hier herrscht ein buntes Treiben, welches teilweise mitleiderregend ist. Es ist zwar angenehm farbenfroh in dieser Gegend, was den vielen Fressläden und Puffs zu verdanken ist, aber was da auf der Straße offensichtlich abgeht, lässt mich verblüffen. Eine offene Drogenszene scheint hier geduldet zu sein. Andere sehen das vielleicht nicht, aber ich bin geschult und interessiert in der Hinsicht zu erkennen, wo, wie und was im Bezug auf Drogen passiert. Und hier passiert das für mich déjàvumäßig, ich kenn den Scheiß, von dem ich schon lange weg bin, weiß, was es bedeutet, nach harten Drogen süchtig zu sein. Etwas verwundert über die krasse Lage des Hotels betreten wir dieses und das Design in der kleinen, aber doch noch recht luftigen Lobby erinnert mich an die Kunstwerke von Hundertwasser, es ist beeindruckend schön hier! Wir nehmen unsere Zimmerschlüssel und fahren mit dem kleinen Fahrstuhl in die zweite Etage, um da erwartungsvoll die Tür von Zimmer 208 zu öffnen. Vorsichtig betreten wir die Räumlichkeiten, sehen uns alles an und sind begeistert. Ein hochmodernes Zimmer, alles in der Farbe Weiß und scheinbar wie neu, keinerlei Verschmutzungen, auch die Silikonabdichtungen in der Dusche sind blitzsauber. Das Bett ist auch weiß, richtig schön hoch, mit großem Polster am Kopfteil, wie in einer Gummizelle und lädt zu Turnübungen aller Art ein. Der große Spiegel an der Wand lässt es zu, sich auf dem Bett zu beobachten. Den fahrbaren Frühstückstisch kann man über das komplette Bett schieben oder darauf andere lustige Sachen veranstalten. Einzig die Lichtschalter werfen Rätsel auf, es sind so viele! Der Ausblick, auf die lebhafte Taunusstraße und die schönen, maximal fünf Stockwerke hohen Altbauten, in der Gegend ist aufregend und abwechslungsreich. Einzig der auf den Gehwegen liegende Dreck und die total fertigen Gestalten, die dort unten abhängen, könnten das Bild für manche Augen trüben. Die Crackjunkies diskutieren hektisch, der Stoff ist das Wichtigste in ihrem Leben und die Nutten vor den Puffs sind abgenutzt. Gleich hier gegenüber befindet sich ein

Vierundzwanzig-Stunden-Shop in dem alles Lebenswichtige wie Zigaretten, Mehl, Salat und Bier zu haben sind. Das ist doch sehr praktisch und beruhigend! Und neben diesem Shop ist das Musikgeschäft, in dem ich mir vor vierzehn Jahren,-ist das lange her, kommt mir vor wie gestern-einen gebrauchten Music-Man-Bass gekauft habe, Maria war dabei. Endlich im Zimmer, endlich duschen. Julie duscht zuerst und ich sehe ihr ein wenig dabei zu. Ihre Körperkonturen und ihre graziösen Bewegungen sind der absolute Wahnsinn, ich werde angenehm unruhig deswegen. Dann geh ich unter die Dusche und Julie kommt nach einer Weile zu mir, nimmt etwas Duschgel auf die Hände und wäscht mir meinen, schon festen, Lümmel. Ich bin im siebten Himmel, das Leben ist schön! Nachdem wir uns dann im Bett, "Vier-Gänge-Menü-mäßig", aufgefressen haben, machen wir uns langsam fertig, um rauszugehen. Wir gehen Hand in Hand raus und gucken erstmal, bis wir uns für links entscheiden, rechts ist der Bahnhof. Was für ein geiles Feeling hier mit Julie an der Hand durch die Straßen zu schlendern! Wir wollen zum Main und gehen nach unserem inneren Kompass einfach drauflos. Wir gehen jetzt durch eine sehr breite Straße, in der vor jedem Haus die Gastronomie ihre Tische aufgebaut hat. Es ist überall ziemlich voll, wir ziehen so einige Blicke auf uns und ich genieße das, fühle mich wie ein Star, der für die

Leute nicht einzuordnen ist. So einfach geht das also, hübsche junge Frau an der Seite und man wird bemerkt, ja fast angestarrt. "Diese Frau ist freiwillig bei mir, wir haben uns hier getroffen, weil wir uns näher kennenlernen wollen!", könnte ich denen allen sagen. Aber so wie es gerade ist, ist es klasse. Allerdings fühle ich mich trotzdem doch ein ganz wenig wie ein Betrüger, weil ich ja gar kein Star bin. Ein bekannter Star zu sein, ist bestimmt viel zu anstrengend, das werde ich eventuell später mal, aber nicht so lange bitte! Die Straße ist lang und an der nächsten Kreuzung bleiben wir einem Moment stehen, um zu überlegen, wie wir weitergehen. Scheinbar können wir das Wasser riechen, nehmen die Straße rechts und gelangen an das schöne Mainufer. Im Hotel vorhin fragte ich Julie, ob sie Gras raucht, ich hätte welches dabei. Sie freute sich etwas darüber und sagte weiter nicht viel dazu, außer, dass es wenig ist und sie keines mitgenommen hat, weil es zu gefährlich ist das Zeug mit dem Reisebus durch die Gegend zu fahren. Nach meiner erfolgreichen Anti-Kiff-Therapie war ich drei Jahre clean und habe, mit der freigesetzten Energie, zufällig ein Buch geschrieben. Ich wollte das gar nicht, es war nach zwei Jahren Schreiben einfach da, das fertige Manuskript. Ein seriöser Verlag, den ich glücklicherweise nicht lange suchen musste, hat es dann zum Buch gemacht. Die Sozialanamnese, die ich bei dem Suchtladen, dem Helmut, abliefern musste, gab den Startschuß für meine, ich mag es gar nicht sagen, denn es klingt irgendwie angeberhaft, Autorenkarriere. Am Mainufer sitzen wir nun in der Dämmerung an einem kleinen runden Tisch, der zu einem, ich sag mal, Biergarten mit professioneller Schnellausschankstation zum effektiven Geldverdienen vor einem sichelförmigen Blumenbeet steht. Mir wird wieder bewusst, mit was für einer reizenden und geheimnisvollen jungen Frau ich mich da einlasse. Was redet man da? Was denken die Leute von mir, von uns? Die wenigen Bedienungen scheinen genervt zu sein. Tische und Stühle werden teilweise schon, von einem wahrscheinlich unterbezahlten dunkelhäutigen Mitarbeiter, zusammengerückt und mit Drahtseilen gesichert. Wir werden nicht bedient, obwohl an einigen Tischen noch gut gefüllte Gläser zu erkennen sind. Da hier keine Bedienung auftaucht, gehe ich zu dem mindestens zehn Meter langen Tresen und bestelle zwei Bier. "Hier ist Selbstbedienung!", erfahre ich von der halbnetten Dame hinter dem Tresen. Julie und ich unterhalten uns recht lebhaft und schauen uns, zwischen Blicken auf dem circa zwanzig Meter entfernten Main, in die Augen. Am Ufer des Mains stehen überall Pappeln an den Wegen, wie an einer romantischen Allee,-wir küssen uns. Ich bin schon in sie verliebt, sie ist so schön und interessant, ihre Stimme gefällt mir sehr, die ist weich und im "Altbereich" angesiedelt. Eine Traumfrau, ein Traum, ein Geschenk! Ihre Augen strahlen mich an, durchdringen meinen Körper und erfüllen ihn mit Liebe. In ihrem Gesicht sehe ich alles, was ich brauche, alles, wonach ich mich sehne. Sehe die Natur, die weite Natur mit Wäldern und bergiger Landschaft. Es ist angenehm warm, die Luft durchdrungen vom Leben der Kleintiere, die in ihr tanzen und glücklich sind. Die Luft ist wie die Gelatine auf einem Kuchen, der süße Früchte umgibt, nur endlos vom Ausmaß und gasförmig. Graziöse Rehe springen auf einer endlosen, von blühenden Gräsern durchdrungenen Wiese Richtung Waldrand. Die Sonne scheint und ein paar schneeweiße Wolken finden im Blau des Himmels ihr Zuhause. Klares Wasser fließt wie dünner Honig über schillernde Steine den Bach hinab in das von bunten Blumen leuchtende Tal. Und sie? Was will sie von mir, was findet sie an einem zwei Jahrzehnte älteren Mann denn so anziehend? Sowas gibt es doch sonst nur bei den Promis, denen aus der Boulevardpresse. Die alten Männer mit viel Geld können sich junge Frauen leisten, meistens Models oder so was in der Richtung. Vorzeigefrauen, die das Ego des alten Mannes vor Selbstbewusstsein und jugendlicher Frische strotzen lassen. Das ist bestimmt richtig gesund, eine Naturmedizin die Wunder wirkt. Die reden dann von Liebe und gutem Sex, was ich nicht glauben kann, denn so ab sechzig, siebzig lässt die Kraft für ausgiebige Paarungsspiele doch nun mal endgültig nach, denke ich. Mit einer blauen Tablette könnten die alten Männer eventuell ihre Männlichkeit für eine Weile vortäuschen, aber das ist irgendwie jämmerlich, das Timing muss stimmen und spontaner Sex ist impraktikabel. Und dass sie sich lieben, glaube ich auch nicht. Vielleicht wie Stiefvater und Tochter, aber nicht so richtig wie es sich gehört, wie es halt normalerweise ist und sein sollte. Meine Mutter und meine Schwester liebe ich, da bin ich mir sehr sicher. Das ist dann aber wieder eine andere Art Liebe, nicht wie die, zwischen Zweien, die sich vorher noch nicht kannten. Es ist so kompliziert rauszufinden, was das jetzt hier ist und wird, auf jeden Fall bin ich verliebt. Verliebt heißt ja nicht, dass ich sie liebe. Dieses Gefühl weist nur darauf hin, dass es bald so sein könnte und zur echten Liebe führt, obwohl ich ja gar nicht weiß, was das ist. Unser Drummer sagt, man weiß erst nach circa vier Monaten kennenlernen, ob es Liebe ist. Ich kann, glaube ich, sofort lieben! Julie ist so attraktiv, ich kann mir nicht vorstellen, dass sie wirklich längere Zeit mit mir zusammenbleibt und mich wirklich lieben wird. Ich bin nicht reich, obwohl ich hier im Moment einen auf coole Socke mache und meine Dollarnoten recht locker umherfliegen lasse, nein, ich lebe unter der Armutsgrenze. Da ich keinen hohen Lebensstandard habe und daher trotz des geringen Einkommens was sparen kann, kann ich hier einen auf Gentleman machen. Wie mein Freund sagt: "Man lebt nur einmal!" Diese Aussage ist etwas pervers und egoistisch, aber was solls, ich will genießen, will nett sein, will Körperkontakt und diese Wärme spüren. Es wird aber bestimmt nicht lange dauern und andere Männer werden um Julie werben und ihre Leidenschaft erfüllen. Ich habe jetzt schon Angst, dass sie mich wieder verlässt, das sie es nicht ernst meint, sondern momentan einfach mal was Aufregendes erleben will. Ich verdränge diese Gedanken so schnell wie sie erschienen sind und werde, überzeugt wie ich von mir bin, alle Register ziehen, um Julie an mich zu binden, fest an mich zu binden. Wir schlendern mit Freude Arm in Arm vom Mainufer zurück zu unserem Hotel und verwöhnen uns dort gegenseitig so intensiv, wie es nur geht. Julie ist unglaublich einfallsreich, was das Verwöhnen angeht und ich lass es mir sehr gerne gefallen. Dieses hübsche Zimmer hier trägt dazu bei, dass wir uns richtig gut austoben können und in Ekstase versinken. Die bunten Lichter von draußen geben dem Raum außerdem einen wunderbaren Touch, der unsere Körper noch schöner aussehen lässt, als sie sind. Wir schlafen, nachdem wir befriedigt sind, wie auf Wolken ein und am nächsten Morgen verschlingen wir uns nochmals, als wären wir ewig enthaltsam gewesen. Um die Stadt Frankfurt aus einer anderen Perspektive zu sehen, packen wir nach dem Frühstück unsere Taschen und wechseln in ein Hotel mitten in einer belebten Einkaufsstraße. Aus diesem Hotelzimmer fällt der Blick direkt auf die farblose, aber beeindruckende Bankenhochhäuserskyline, was anderes sieht man nicht.

Gegen Mittag machen wir uns auf den Weg, um einen weißen Bikini zu besorgen. Wir durchsuchen etliche Kaufhäuser, riesige Läden und kleine Boutiquen und fragen die Bedienungen. Es gibt nur erschreckend häßlich gemusterte Bikinis, die aussehen als wären sie für Rentnerinnen designt. Ein Paar schlichte Objekte in Neonfarben sind zwar dabei, aber nichts in der Farbe Weiß. Die Bademodeckollektion im Kaufhauspreissegment ist enttäuschend! Wir machen eine Kaffeepause und Julie sagt, nach einem Schlückchen davon, mit ihrer weichen Stimme: "Ich möchte, dass du bei mir bleibst." Wie in Wien gibt es hier einen Palmers Laden, den wir aber einfach nicht finden können. Julie hat nach dem stundenlangen Gesuche keine Lust mehr, ihr tun die Füße weh. Ich versuch sie umzustimmen, aber wir geben auf, obwohl ich diesen Nobelshop und den weißen Bikini heute unbedingt noch finden wollte. Ich wollte den Bikini bezahlen, wenn er mir an ihr gefällt, der Preis hätte keine Rolle gespielt. Nachdem wir uns im Hotel frisch gemacht haben, gehen wir im Regen zum naheliegendsten deutschen Restaurant und essen dort unter anderem Spätzle, die viel zu weich sind. In dem Laden hier sind sehr wenig Gäste, die alle im unteren Bereich sitzen. Hier oben in der, ich nenne es mal Loge, sind wir ganz alleine und machen Blödeleien mit Anfassen und so, sieht ja keiner! Wieder im Hotel, im Bett, müssen wir nach ein paar Minuten Action dieses immer wieder zusammenschieben. Ein zweiteiler Bett für Ehepaare, die sich, wenn es nötig ist, etwas Abstand zueinander verschaffen können! Das Hotel in der Taunusstraße war für unsere Bedürfnisse viel besser, schöner und dazu günstiger. Hier im Dunkeln wirkt die teilweise farbig beleuchtete Skyline oder Silhouette des Handelszentrums positiv, mächtig und weltoffen, aber auch irgendwie erniedrigend, weil alles unrealistisch und unerreichbar erscheint.

Der Geruch unter Julies Armen ist ein Gourmetgenuß für meine Nase, es riecht wie eine Gewürzmischung, die speziell für mich zusammengestellt wurde, ich kann mich kaum sattriechen. Sie findet das amüsant und lustig, lässt mich aber nicht lange genießen, und will meine Nase woanders spüren. Julie riecht überall unheimlich lecker. Ich habe das noch nie vorher bei Frauen so wahrgenommen oder erlebt. Im Bett zu zweit und dieser Ausblick zwischendurch ist ganz weit vorne, ganz modern irgendwie. Am folgenden Morgen gehen wir zu Fuß zum Hauptbahnhof und ich singe, kurz bevor Julies Billigbus losfährt, inmitten der wartenden Menge laut einen bekannten Popsong. Ich bin sehr gut drauf und glücklich. Julie fährt von hier direkt für eine knappe Woche in die Slowakei, um ihre Familie zu besuchen und ich mach mich mit dem Zug auf den Heimweg an die Nordseeküste. Julies Bus kommt, wir verabschieden uns.

Hier Zuhause ist es schön. Ein eigenes großes Haus mit einem großen und verwunschenen Garten, allein das Wetter hier kann einem die Stimmung so richtig verderben. Man bin ich verliebt in dieses zuckersüße Wesen, ich will sie wiederhaben und plane gleich eine Fahrt nach Freiburg. Vor dem Schlafen, wenn ich im Bett liege, dachte ich die letzten Jahre immer an einen kleinen Vogel, das Wintergoldhähnchen. Es ist das schönste Geschöpf auf Erden für mich, und so niedlich, es wiegt nur knapp sieben Gramm und ist kunstvoll und farbenfroh modelliert. Auf einem Winterspaziergang hab ich dieses Tier am Wegesrand in den bodennahen und blätterlosen Büschchen entdeckt und war entzückt. Jetzt denke ich vor dem Einschlafen an Julie.

Am Wochenende darauf muss oder will ich auf den Geburtstag von Onkel Hans, er wird siebzig. Die Feier soll auf einem Resthof zwischen Hamburg und Berlin stattfinden, der Flamencofarm. Mama, meine Schwester und ich sind schon auf dem Weg. Der Wagen meiner Schwester ist sehr klein und mit einem Schiebedach aus Stoff ausgestattet. Sie braucht solch ein Dach zum Öffnen, um sich beim Fahren frei zu fühlen, alles andere an einem Auto ist ihr nicht so wichtig. Das Wetter ist echt gut, das Schiebedach ist bis zur Hälfte geöffnet und die Fahrt macht richtig Spaß. So ein großer Bauernhof, ein Gut! Ich staune nicht schlecht als wir dort am Nachmittag ankommen. Hinten auf dem Grundstück befindet sich ein großer Heuschuppen oder Pferdestall. Bei der Hälfte von dem Gebäude wurden die Steine aus dem Fachwerk entfernt oder sind einfach rausgefallen. Durch dieses Gebälk sieht man einen langen, gedeckten Tisch ohne Gäste und viel Holziges. Hinter dem Gebäude, das sehe ich von vorne, weil es ja teilweise durchsichtig ist, sitzen ein paar Gestalten. Als ich dahin gehe, finde ich meinen Onkel und gratuliere ihm erstmal ordentlich und er sagt: "Ahh, da kommt Adonis." Meine Haare sind mit etwas Gel flachgelegt wie bei den Al Capone Typen, Mein T-

Shirt ist blau wie meine Augen und das blaue Copyright Tatto, mein einziges, ziert den rechten Bizeps mittig. Ich hab dieses Jahr zum ersten Mal in meinem Leben eine Muckibude besucht. Alle zwei Tage renne ich da hin, wenn nichts dazwischenkommt. In meinem Alter wachsen die Muskeln nicht mehr so schnell wie bei einem Teeny, aber sie wachsen, zumindest etwas und das fühlt sich gut an. Da ich auch noch verliebt und glücklich bin, strahl ich wie die Sonne, wie Adonis, jedoch ohne Locken und mit einem nicht so kleinen Geschlechtsteil wie es bei ihm, wahrscheinlich vorsichtshalber, dargestellt wurde. Mein Onkel hat das Strahlen ja sofort festgestellt und die anderen schon anwesenden Gäste, die alle zu seinem Familienclan gehören, mustern mich ein wenig neidisch. Das Gefühl ein richtiger Mann zu sein, so straff und potent wie jetzt, hatte ich schon ewig nicht mehr. Frisch verliebt sein ist mit Abstand das beste, was es gibt! Die Kinder meines Onkels sind alle Künstler und sehr unterschiedlich, auch äußerlich. Seine Tochter Anni mag mich besonders, habe ich mir sagen lassen. Anni hat hier einen riesigen Raum mit Parkettfußboden, und einer fetten Musikanlage, sie gibt auf diesem Anwesen Tanzworkshops mit Schwerpunkt Flamenco. In dem rechten, sehr langen, Hofgebäude sind etliche Zimmer für die Workshopteilnehmer untergebracht. In dem halboffenen

Fachwerkgebäude, hinten, wo im Sommer gespeist wird, ist eine richtig professionelle Küche, in der kann man locker für über zwanzig Gäste kochen. Anni fragt, ob ich Lust hätte bei so einem Tanzworkshop für die Teilnehmer zu kochen. Das klingt interessant und ich sage ihr, dass ich Lust dazu habe, der Termin muß halt passen. Es kommen immer mehr Gäste zum Siebzigsten und als alle da sind, wird standardmäßig gefeiert. Später sitzen die Jüngeren, also die, die sich noch ohne Schmerzen bewegen können, am Lagerfeuer und reden. Leider habe ich gerade keinen Gesprächspartner und bin etwas einsam und unbeholfen. Solche Situationen sind unangenehm, aber ich habe ja Julie, an die ich denken kann.

Herrill stand da auf einmal, ich kannte ihn von Plakaten und fand diese Plakate gar nicht schlecht, besser als alles andere, was ich bis dato für solche Zwecke gesehen habe. "Warum ist der denn hier?" Von einem Kneipenwirt wusste ich, dass der Kerl einen Bassisten sucht, ging schnurstracks auf ihn zu und sprach Herrill an. Er war ganz verwundert darüber, weil er mich gar nicht kannte, aber wir verstanden uns gleich prima. "Moin, du suchst einen Bassisten?", fragte ich. "Ja, woher weißt du das?", sagte er. Wir quatschten ein wenig und dann stellte sich heraus, dass Herrill nur einhundert Meter von mir entfernt wohnt. Der große Herrill von den Plaketen, die mit Musik nichts zu tun haben, obwohl, na ja, auf einem sah man ihn mit einer E-Gitarre, was eher ungewöhnlich ist. "Wenn du gleich um die Ecke wohnst, wann wollen wir uns treffen?", fragte er. Er machte mir ein paar Vorschläge und der Termin stand fest, fertig, tschüß. Wir trafen uns dann auf ein bis fünf Bier bei ihm und er spielte mir ein paar Songs vor, alles so Pulp Fiction Zeugs, schmierig, kriminell und heiß. Um diese Musik zu spielen, suchte er noch Mitmusiker. "Ok, da mach ich mit", sagte ich und so lernten wir uns von Probe zu Probe langsam kennen. Mir gefällt seine direkte Art. Wenn er ein Anliegen hat, fragt er nett, liefert die Fakten und sabbelt nicht um den heißen Brei. Wenn er kein Anliegen hat, hör ich nichts von ihm. Das heißt also, wenn er sich meldet ist Action angesagt! Diesmal melde ich mich bei ihm an und erzähle ihm von meiner neuen Liebe. Als ich die letzten Male bei ihm war, war ich eher niedergeschlagen und leicht depressiv. Jetzt strahle ich weit, wie ein Osterfeuer im dunklen Flachland. Er hört sich meine Story geduldig an und freut sich für mich, sagt aber, dass es doch auch hier genug Frauen gibt, die auf mich stehen. "Das ist ja sehr schön und gut, Herrill, aber leider turnen die mich nicht an!", sage ich. Er kann das nicht verstehen und meint, ich brauch ne erfahrene Frau in meinem Alter, die können auch besser Sex. "Besser Sex, wieso sollen die das besser können, ist doch Quatsch, Mann. Für mich spielen da auch gewisse visuelle Aspekte eine Rolle!", sage ich. Er guckt mich nur mit rollenden Augen an und sagt nichts weiter dazu. Wir trinken noch ein Bier, hören Musik, die ich angestrengt ertrage und dann gehe ich heim. Inzwischen ist Musikhören für mich teilweise anstrengend, weil ich sofort anfange, die Musik zu analysieren und die Instrumentierung zu sortieren. Früher habe ich endlos lange Musik mit der Clique im Keller eines Kumpels gehört und dabei geträumt.

Eine Woche nach unserem Frankfurt Treffen, mache ich mich mit der Bahn und großer Vorfreude auf den Weg nach Freiburg, um Julie zwei Tage und drei Nächte zu besuchen. Auf der Fahrt entschuldige ich mich bei Sali für meine bösen Worte und sie nimmt die Entschuldigung an. Das fühlt sich gut an, die Sache ist endlich geklärt. Ich bin verliebt in Julie und sie wartet am Bahnhof, wenn ich ankomme. Achthundert Kilometer Deutschland ziehen an mir in Windeseile vorbei. Ich gucke nicht oft aus den Fenstern, das habe ich mir auf den zahlreichen und zeitraubenden Busfahrten mit meiner Band abgewöhnt. Irgendwann guckt man nur noch ganz kurz, wo man sich befindet, um abzuchecken wie weit es noch ist und im Auto zeigt das Navi ja sowieso alles an, aber darauf achte ich dort nicht, nur kurz vor dem Ziel. Natürlich sehe ich an den Bahnhöfen gerne die vielen Menschen an, die sieht man ja nur einmal im Leben, meistens! Hannover, Kassel, Fulda, Frankfurt, Mannheim, Karlsruhe und dann endlich bald Freiburg, die südlichste Großstadt Deutschlands. Als mein Zug in den Freiburger Bahnhof einfährt, kann ich meine Liebe nicht finden, aber als ich aussteige, seh ich sie und gehe stumpf an ihr vorbei, dreh dann wieder um und bau mich vor ihr auf.

Sie erschrickt etwas, weil ihre Augen mich woanders gesucht haben. Wir nehmen uns in die Arme und küssen uns, es fühlt sich erstmal wieder etwas fremd an. Glücklich fahren wir, zuerst mit der Tram und dann mit dem Bus in den Vorort, in dem sich das Schlosshotel und ihre Unterkunft befinden. Aus dem Bus heraus sehe ich in den Schmusepausen die Umgebung an, es ist wunderschön hier unten im Breisgau. Wir sind angekommen und laufen drei Minuten, bis wir über eine Hofeinfahrt den Hauseingang ihrer Unterkunft erreichen. Durch ein modernes und leicht staubiges Treppenhaus erreichen wir die erste Etage und ich bin gespannt, was hinter der Türe, die Julie gerade aufschließt, geboten wird. Ich stelle mir eine nichtmal ikeamäßig, eher leicht häßliche und stilistisch durcheinandergewürfelte Einrichtung vor, alles ist natürlich frisch gesäubert. Die Tür wird von ihren feinen Händen geöffnet und ich sehe erstmal nichts, nur einen leichten Vorhang, der alles versteckt, was dahinter sein könnte. Der Vorhang deckt die Ecke, in der die Eingangstüre liegt, mit einer viertel Rundung eng ab. Rechts steht gleich ein Schrank neben der Tür, da endet der Vorhang, links ist eine Wand. Hier können zwei Personen nur eng aneinander stehen. Das ist der Bereich, in dem die Schuhe plaziert werden. Der Vorhang wird geöffnet und lässt mich staunen: Geiles kleines und auch irgendwie großes Appartment, sieht aus wie nagelneu. Ich stelle meine Tasche ab, setze mich auf das Bett und möchte Julie sofort! "Oh, nicht gleich, lass uns erstmal was essen und trinken, wir haben Zeit", sagt sie. "Ist Ok!", sage ich. Sie will Spannung aufbauen, wie zermarternd aber taktisch sehr cool!

Der weißgestrichene Raum ist sehr schön und mit alten, weißgestrichen Balken unterteilt, die den Wohnraum von der Küche trennen. Julie zieht sich blitzschnell um. Wahnsinnig dieser Körper! Massives dunkelbraunes Laminat bedeckt den Boden. Fußbodenheizung, auch in dem sehr schön gestalteten und geräumigen Bad, in das ich gerade reinschaue. Dunkelbraune Fliesen, keine Duschwanne nur ein Abfluss in der Ecke. Vor dem Toilettenbereich, den eine gefliese Wand von dem restlichen Raum trennt, hängt ein Vorhang, durch den man aber sehen kann. Der Vorhang besteht aus vielen einzelnen Kordeln, die mit tausenden glänzenden Steinchen verziert sind. "Das hier war vor zwei Jahren noch ein Dachboden", sagt Julie. In den Schrägen an der Außenseite des Zimmers sind zwei praktische und große Dachfenster eingebaut aus denen man über einen Teil der Rheinebene hinweg den Schwarzwald in einiger Entfernung sehen kann. Hohe Kerzenständer aus Glas stehen auf Tischen. Die Schränkchen sind so platziert, dass sie die Ecken des Raumes verschwinden lassen. Bänder mit Glassteinchen hängen an den Balken herunter. Im Bad auf der Ablage unterm Spiegel und auf dem Waschbecken liegen auch ganz viel, von diesen wie Diamanten geschliffenen Steinchen. Die kleinen Möbel sind auch weiß und auf alt gemacht, die könnte man mit einem Schlag zerlegen denke ich. Nach einer Weile wird mir klar, dass Julie eine hervorragende Raumdesignerin ist. Das ist hier echt sehr gut durchdacht, alles ist stimmig und gemütlich. Jetzt steht sie mit nacktem Oberkörper an der Küchenzeile und fummelt an irgendwas herum. Ihre Chillhose kann sich gerade noch auf den Hüften halten. Ich kann sie schön von der Seite ansehen und fühl mich wie auf einer Wolke, denn das Bett auf dem ich sitze ist weiß und mit flauschigen, auch weißen Decken bedeckt. "Du mußt was essen!", beschließt sie und ich mach das auch, habe nämlich einen Bärenhunger nach der langen Fahrt. Als wir fertig sind, geht es langsam los mit dem Körperkontakt und steigert sich stetig, bis wir im sexuellen Nirwana angekommen sind und alles von uns geben, und alles von uns nehmen. Wir befinden uns in einer weißen, durchsichtigen Blase und sind nur für uns da. Wir brauchen beide viel Körperkontakt und Sex, denke ich, in dem Punkt passen wir schonmal sehr gut zusammen. Wie in Trance genieße ich die mit Glück gefüllten Tage.

Ich halte es nur eine Woche ohne Julie aus und mache mich wieder auf den Weg ins Breisgau. Es befallen mich Bedenken, dass diese Liebelei mich finanziell ruiniert und ich mich irgendwann darüber ärgere. Der weite Weg und die Aufenthalte verzehren Geld wie eine Nacktschnecke, die mit Liebe angebaute Salatpflanze. Erst haben die knackigen Blätter nur ein paar Löcher und dann kleben sie kraftlos und schlapp am Strunk, bis der Salat, selbst glitschig wie eine Nacktschnecke, elendig stirbt. Vielleicht wäre es besser, das hart verdiente Geld für meinen Wunsch, einen Top 100 Song zu produzieren einzusetzen. Ich kauf mir seit dem Jahr 2012 alle Bravo Hit CD's zur musikalischen Inspiration und, man mag es kaum glauben, von den circa vierzig Songs darauf sind im Schnitt nur zwei echt gut und "gehn in meinen Arsch". Damit meine ich, dass sie mich zum Tanzen animieren. Es gibt auch wenige schöne Balladen, die mir Tränen in die Augen treiben. In sechs Jahren Bravo Hits waren das genau zwei, eine kläglich geringe

Menge. "Hey" von Andreas Bourani und "Das ist dein Leben" von Phillip Dittberner haben mich sehr berührt, beide Songs sind auf Bravo Hits 92 gebrannt. Ich glaube, der Bourani ist ein echt guter Sänger. Wissen tue ich es nicht, denn bei professionellen Musikproduktionen wird sehr oft ein Voice Tuner wie z.B. Melodyne oder Auto-Tune eingesetzt, um den leicht schiefen Gesang gerade zu bügeln. Bemerkenswert, die Songs, die sich auf einer neuen Bravo Hits CD präsentieren, laufen ein paar Wochen später im Radio hoch und runter, da wird ein gut durchorganisiertes Kartell dahinter stehen. Ich habe einige sehr hitverdächtige Popsongs auf Tasche, oder besser gesagt im Computer. Was mir fehlt, ist der routinierte Umgang mit diesen hypermodernen virtuellen Instrumenten, Effekten und Sounds, dieses David Guetta-Zeugs halt. Da brauche ich unbedingt professionelle Hilfe. Leider gibt es in meiner einhunderttausend Einwohner zählenden Stadt nur Leute, die in Ihren semiprofessionellen Studios mit echten Instrumenten arbeiten. Die machen Rock Musik. Einer macht 90´s Dancefloor, der steht natürlich auf diese neunziger Sounds, hilft mir also auch nicht. Ich komponiere, arrangiere und texte einfach weiter und versuche dabei dahinter zu kommen, wie diese virtuelle Soundsache gehandhabt wird. Musikprogramme, die Plug-Ins und professionelle Hilfe, alles kostet Geld! Aber was solls, Julie haut mich dermaßen um und treibt meine Träume und Wünsche an, warum soll ich es nicht genießen. Ich scheiß drauf, scheiß drauf, dass es Geld kostet diese Liebe zu pflegen. Diesmal holt sie mich nicht vom Bahnhof ab, ich fahre allein mit der Tram und anschließend mit dem Bus zu Ihr. Julie freut sich noch mehr wie eine Schneekönigin, als sie mich, auf einem Mäuerlein sitzend, vor dem Schlosshotel entdeckt. Sie arbeitet noch und gibt mir die Schlüssel zu ihrem Appartement. Bergauf schlendere ich auf dem schmalen Gehweg zu dem Haus, in dem das schnuckelige Appartement auf mich wartet. Das Radio anschalten, leise stellen und dann auf das Bett legen und ausruhen von der langen Fahrt. Ich sehe mir das Appartement nochmal sehr genau an und fühl mich wohl darin beim Chillen. Julie kommt nun endlich von der Arbeit, die Sonne versinkt gerade hinter den Bergen. Ich sage, nachdem sie mich zur zweiten Berüßung umarmt und geküsst hat: "Es gibt aber viele schöne Frauen hier in Freiburg!" Sie ist schockiert und stinksauer über diese ehrliche Aussage von mir. Wir beginnen zu diskutieren und es wird leicht brenzlig für mich. "Wieso schaust du dir die Frauen hier denn so genau an, macht dich das an?", fragt sie und ich erwidere: "Nein, ich sehe mir viele Menschen an. Männer, Frauen und Kinder, ich find das interessant, sehe mir halt gern Menschen an. Männer gucken eben mehr nach dem anderen Geschlecht und achten auf deren Äußerlichkeiten, das ist doch normal. Sagt einer, er tut sowas nicht, ist es gelogen." Julie versteht das nicht, will das nicht verstehen und schmollt, sie tut mir leid. Meine Äußerung war ehrlich gesagt überflüssig und unüberlegt, aber sie flutschte raus und ich ärgere mich darüber. So ist das bei mir, ehrlich gefährlich! Als sie sich nach einer Weile beruhigt und geduscht hat, braucht es nur wenige Minuten bis die Gier nach Körperkontakt uns vereinen lässt. Alles, jeder Winkel und jede Fläche von uns wird durch Ablecken, Küssen und Saugen überschwänglich verwöhnt. Ich hatte noch nie einen halben Fuß im Mund, hatte noch nie das Bedürfnis oder die Idee, sowas zu tun. Jede Fußzehe wird genossen wie die Edelschokolade, aus dem Piura Tal in Peru, vom Bioladen. Ich knabbere an ihren Ellbogen und sie verbiegt sich dabei, als wenn sie in den Magen geschlagen wird. Leichte Bisse in ihre Schlüsselbeine entlocken Julie leise und sehr tiefsinnige Seufzer. Sachte fahre ich mit der Zunge die Loipe um den Busen hin und zurück, ich wandere um den Hügel und befeuchte ihn mit Morgentau. Mein Rücken wird lange gestreichelt und massiert während ich ihre Schenkel und ihren Po auf meinem spüre. Bis zum Morgengrauen machen wir weiter. Durch die teilweise schweißtreibenden Abschnitte unserer Zweisamkeit komme ich nicht drumherum zwischendurch ein paarmal duschen zu gehen. Es ist wirklich wunderbar sich so intensiv mit Berührungen verwöhnen zu können. Das ist das Leben! An der Dreisam, der Fluß, der Freiburg entwässert, sitzen wir am darauffolgenden Tag draußen an einem Tisch von einem Café oder sowas in der Richtung und Julie fragt mich: "Ich möchte, dass du dich in mich verliebst." "Das habe ich schon", antworte ich überzeugend schnell. Mit dieser Frage sagte mir Julie, dass sie in mich verliebt ist, glaube ich zumindest und hoffe es. Mein Bier schmeckt mir gut. Julie ist mit ihrem Erdbeercocktail nicht zufrieden, es schmeckt nicht nach Erdbeeren, obwohl ein paar Früchte davon im Glas vor sich hinvegetieren. Erdbeeren ohne Geschmack sind ja nichts Neues und der Fruchtsirup schmeckt eben wie flüssige Gummibärchen. Was für ein Desaster! Einen Tag haben wir noch gemeinsam Zeit und fahren, nachdem wir bis zum Mittag geschlafen haben, mit dem Bus an den Opfinger See. Leider ziehen schon erste Wolken auf, aber es ist angenehm warm, nicht heiß. Wir gehen an den chillenden Badegästen vorbei und einige Männer schauen uns eifersüchtig und mit vor Geilheit schlabbernden Mündern an. Julie hat eine sehr kurze Jeans und ein leicht durchsichtiges Oberteil an. Ihre wunderbare Figur und die Art, wie sie ihren Körper bewegt und ich, wie ein Vater neben ihr, aber offensichtlich der Lover, lassen einige Fragezeichen auf den Gesichtern der Glotzer zurück. Es ist ganz schön voll hier. Wir gehen einen schmalen Weg am Ufer des recht großen Gewässers entlang und suchen ein Plätzchen, an dem wir direkt am Wasser unsere Decke ausbreiten können. Am illegalen FKK-Bereich vorbei schlängelt sich der immer schmaler werdende Weg durch Liegewiesen und Büsche, bis wir ein kleines Plätzchen zum Verweilen am Ufer finden. Julie klettert die Abbruchkante runter und breitet die Decke aus, während ich das Umfeld begutachte. Es soll uns hier möglichst keiner sehen können. Das gegenüberliegende Ufer ist weit weg. Rechts und links sind Büsche, aber der schmale Weg hinter uns ist nur circa drei Meter entfernt von hier und vorbeilaufende Badegäste könnten uns sehen. Müssen wir halt gut aufpassen, falls Intimitäten entstehen sollten! Wie ein Kind beginnt Julie sich die schönsten Steinchen im flachen Wasser rauszusuchen und jauchzt dabei glücklich. Neben den Büschen leben interssante Pflänzchen. Ich entdecke, nur eine Armlänge entfernt, Wasserminze und Flatterbinse und erkläre Julie, was das ist, sie freut sich. Wasserminze riecht hervorragend frisch und lässt sich sehr gut als Tee zubereiten. Im Inneren des Stieles der Flatterbinse ist eine Masse, die aussieht wie Styropor. Als Kind hat mich das immer fasziniert. Julie liebt, wie ich, die Natur, stelle ich mit

Wohlgefallen fest. Sie entdeckt eine Mosaikjungfer, die über unserer Badebucht ihre Bahnen, auf der Suche nach Essbarem, zieht. Das Wasser ist klar wie der zwölf Euro Champagner, den ich gerade öffne. Die mitgebrachten Sektgläser werden gefüllt und geleert bis die Flasche alle ist. Wir unterhalten uns locker und flockig über alles Mögliche. Noch eine Flasche von dem edlen Tropfen wäre jetzt gut. Julie will was Festes von mir in den Mund nehmen und tut es auch. Anscheinend steht sie auf versteckte Sexspielchen in der Öffentlichkeit. Wow, ich sehe mein Teil in ihrem Mund verschwinden und kann nebenher den Blick über den See genießen. Als sie genug hat vom Saugen, beschließe ich, obwohl die Wolken die Sonne gerade bedeckt haben, schwimmen zu gehen und frage Julie, ob sie mitkommt. Nein, sie möchte nicht mitkommen. Schade, es ist traumhaft schön jetzt, die meisten Gäste sind schon weg und wir könnten ungestört rumplantschen. Ich versuche nochmal sie zu überreden, aber sie bleibt bei dem Nein. Der unbekannte See nimmt mich freundlich auf. Das Wasser erklimmt mich Stück für Stück, während ich vorsichtig über die abgerundeten Kieselsteine gehe, bis der Boden meine Füße verlässt. "Komm rein, es ist superklasse!", ruf ich Julie zu, aber sie will nicht. Sie sitzt mit angewinkelten Beinen in einer orangen Badehotpants auf der Decke und dieser Anblick macht mich überglücklich und heiß. Ich schwimme ein paar Ründchen umher wie ein kleiner Junge und Julie sieht mir verträumt zu. Als ich aus dem Wasser komme, wird es schon Dunkel. Kühl ist es auch und wir packen unsere Sachen. Auf dem Rückweg essen wir an einer Imbissbude noch Pommes Frites und lästern über einige Gäste, die hier rumlungern.

Der Bus zurück kommt erst in einer halben Stunde, es ist jetzt dunkel. Wir gehen einen Waldweg rein und ich darf, mit einem genügend großen Abstand, beobachten wie Julie Pipi macht. Sie ist so süß und sieht mich schüchtern an.

Montag ruft meine Cousine Anni an und fragt, ob ich das kommende Wochenende Zeit habe, für die zwanzig Teilnehmer ihres Flamencoworkshops auf der Flamencofarm zu kochen. Der Termin erscheint mir sehr kurzfristig, zu kurzfristig, um sofort zuzusagen. Julie kommt in der Woche darauf, am Dienstag, das erste Mal zu mir in den Norden und wir nächtigen in dem Hostel von Herrill. Mit der Bitte um eine Stunde Bedenkzeit beende ich das Gespräch mit Anni zügig. Ein Plan muß sofort her und ich schreibe mir einige Stichpunkte auf einen Mini-Zettel. Wann essen, wie oft, was essen, Einkauf, wo einkaufen, das Gut liegt im Niemandsland! Wie läuft das mit der Bezahlung und den Kosten für Lebensmittel? Zeitmäßig wäre das zu schaffen, aber will ich das auch, will ich Stress? Ja, ich will Herausforderungen und Geld verdienen. Den Rückruf hat Anni so schnell nicht erwartet. Dreißig Minuten hat meine Bedenkzeit nur in Anspruch genommen. In Ruhe gehen wir die einzelnen Punkte durch und bringen die Sache in trockene Tücher. Ist mal was ganz anderes, was Neues. Neue Bekanntschaften mit bestimmt überwiegend Tänzerinnen, die alle versuchen werden, ihre Hüften wie eine echte Spanierin zu schwingen. Bei einem Auftritt im Schlachthof Bremen habe ich

Anni mit ihrem damaligen Ehemann tanzen sehen. Ein Spanier spielte sehr virtuos Gitarre und eine ältere Spanierin sang dazu. Die Show bestand aus einer durchgängigen Choreographie bei der Anni und ihr Mann ganz alleine verschiedene Flamencotänze zum Besten gaben. Als die Show dem Ende zu ging und das Publikum, nach dem Abgang der beiden Protagonisten, um Zugabe bettelte, blieben der Gitarrist und die alte Sängerin auf der Bühne. Vor diesem Abend hatte ich noch nie live Flamenco gesehen und jetzt kam die Lektion, was das wirklich sein kann. Der Gitarrist begann zu spielen, die Sängerin begann zu singen und da, da war ich völlig weg. Die Dame bewegte ihre Hüften eine Weile hin und her. Geschmeidig, wie eine ruhige Welle wog sich ihr Körper zum Rhythmus der Gitarre. Mein Atem begann zu stocken. Was für eine Erotik diese alte Frau mit den, fast nur angedeuteten, Bewegungen rüberbrachte, war überwältigend. Anni und ihr Mann haben auch Klasse getanzt, haben versucht Emotionen mit ihrem Tanzen zu wecken und es auch geschafft, aber das, was ich da eben kurz erlebten durfte, hat mich voll umgehauen.

Die guten Kochmesser, in einer dickwandigen Ledertasche von meinem schon lange verstorbenen Vater, müssen mit. Zwei weiße Vorstecker, vier Touchons und natürlich der Sparschäler.

Dazu noch einige Klamotten, was aber nicht so wichtig ist. Ein Touchon ist in diesem Fall ein, in der Länge zweimal gefaltetes Geschirrhandtuch, also vierlagig! Dieses steckt man in die Bindung des Vorsteckers. Er dient zum schnellen Hände Abtrocknen oder um heiße Gegenstände anfassen zu können. Die Bereifung meines Autos lässt zu wünschen übrig. Drei Tage werden reichen, um neue Reifen aufziehen zu lassen. Es ist gar nicht so einfach, mal eben einen Termin dafür zu bekommen. Bei der vierten Werkstatt habe ich Glück, die machen das gleich übermorgen. Neue Reifen brauch ich sowieso, weil eine längere Tour nach Freiburg vage geplant ist und bei dieser Entfernung sollten die Reifen das Vorhaben nicht platzen lassen. Es geht los, ich fahr da hin, habe alles feinsäuberlich geplant. Drei Hauptmahlzeiten für die drei Abende zu kreieren ist die Aufgabe. Immerhin sitzen zwanzig Esser am Tisch und einkaufen gehört auch zum Job. Gedanken, die sich fast ausschließlich um Julie drehen, begleiten mich auf der Fahrt. Sie ist so jung. Ihre Figur macht mich verrückt. Ich bin fast fünfzig und habe schon Falten. Warum will die mich haben. Sie ist zu sechzig Prozent Zigeunerin, sagt sie. Hm, sechzig Prozent? Egal, das macht mich tierisch an. Wie soll eine Beziehung mit achthundert Kilometern dazwischen funktionieren? Der Sex mit ihr ist mit Abstand der beste, den ich je hatte und haben kann. Warum verliebe ich mich so schnell, was ist das? Liebe ich nur ihren Körper? Quatsch, das kann nicht sein, ist eben all-inclusive! Ab Hamburg ist die Autobahn fast ausgestorben, ich werde müde und muss aufpassen, dass ich nicht auf die nächste Kuhwiese abdrifte. "Julie, du machst mich fertig, machst mich high!" Die nächste Abfahrt runter und dann noch ein bisschen Landstraße, ich bin da. Es ist Donnerstag, das Chaos kann beginnen. Annis Mutter wartet schon, wir müssen gleich in den Supermarkt fahren. Sie drückt mir dreihundert Euro in die Hand und geht zum Friseur, der hier im Supermarkt mit eingebaut ist. Nun denn, fremde Supermärkte sind mit ewigem Gesuche verbunden und deswegen sehe ich mir den Laden zuerst ohne Einkaufswagen an. Es fällt auf, dass hier viel Personal am Start ist. Die Fleischerei sendet keinen penetranten Fleisch-Reinigungsmittel-Geruch aus. Obst und Gemüse ist übersichtlich in Szene gesetzt und die sonstigen Lebensmittel sind logisch sortiert. Also, der Mega-Einkauf kann durchgeführt werden und es macht sogar richtig Spaß in dem fremden Laden. Wie ein Kind stelle ich mich auf die untere Strebe des rollenden Metallkäfigs und gleite zeitsparend durch die Gänge. Gut, dass Annis Mutter jetzt gerade kommt, denn mein Einkaufswagen ist schon fast voll. Zusammen füllen wir einen zweiten Wagen und stopfen, nachdem wir die Kasse passiert haben, alles in mein kleines Auto. Irgendwie habe ich ein Frankreich-Feeling. Annis Mutter ist klein und quirlig, das Auto klein, Sonne, weite Landschaft und heut Abend viele Leute an einem langen Tisch in frischer Luft. Als wir auf dem Gut ankommen, fang ich sofort an drei Kilogramm Mehl zu Hefeteig zu verarbeiten, was verhältnismäßig flink von der Hand geht. Mir wurde gesagt, dass mir ein paar Workshopteilnehmerinnen helfen, wo sind die? Ich beginne alleine frische Kräuter grob zu hacken und da kommt Anni und begrüßt mich fröhlich. Sie hat zwei Frauen zum Helfen dabei und stellt sie mir vor. Die Namen der Damen vergesse ich sofort wieder und teile sie für die anstehenden Arbeiten ein. Die zwei unterhalten sich mehr als sie arbeiten und ich rede mit denen ruhig, um klarzustellen, wie das hier läuft. Entweder leise reden und dabei effektiv arbeiten oder die Entlassung steht an. Nur reden und rumstehen is nich, dafür gibt es ne Pause, wenn wir dafür Zeit haben. So, nun sind sie ruhig, leicht schmollig und arbeiten. Zehn Minuten später, nachdem ich in Arbeit versunken war, diskutieren die beiden heiter, tun sonst nichts und grinsen mich an. "Letzte Ermahnung, meine Damen, ansonsten tschüß!" Genau wie in der Schule mit pubertierenden Kindern, sabbel sabbel sabbel und drumherum alles vergessen! Als Anni vorbeischaut und fragt, ob alles in Ordnung ist, bitte ich sie schonmal darum, mir zwei andere Kandidatinnen als Kochhilfen auf der Ersatzbank bereitzuhalten. Die Zeit rennt, der Druck steigt, ich höre Musik aus dem Tanzraum schräg gegenüber und gebe Gas. Um acht Uhr soll das Essen fertig sein. Annis Mutter kommt und beginnt Unmengen an Salat zu zupfen. Für den Salat ist sie zuständig, das hatten wir auf dem Geburtstag von Onkel Hans besprochen. Wahnsinnig sättigende Pizza wird es heute Abend geben mit frischen Tomaten, Rucola, Gorgonzola und anderen Käsesorten. Dazu gibts reichlich Salat mit einem von mir improvisierten Dressing. Frischer Zitronensaft muss da rein, Olivenöl, Honig, ein Paar Kräuter und Gewürze. Meine Helferinnen nerven total und ich schick sie weg, die sind viel zu langsam. Ich ruf Anni an und ordere die hoffentlich besser funktionierenden von der Ersatzbank. Zwei Frauen in höherem Alter und eine jüngere eilen motiviert über den Gutshof und als sie bei mir sind, fragen sie sofort, was zu tun ist. Jetzt läufts besser: Die ackern und es macht ihnen scheinbar richtig Spaß. Die jüngere arbeitet mit mir zusammen, ihr Name ist Jasmine und sie ist zum Singen hier, nicht zum Tanzen. Wir verstehen uns gleich sehr gut. Ich denk an Julie. Beim Teig ausrollen streift Jasmine, offensichtlich gewollt, mit ihrer Hand die meine und sieht mich dabei von schräg unten an. Was ist denn jetzt los? Zehn Jahre

71

fast nichts und nun scheine ich wieder eine bestimmte Wirkung auf das andere Geschlecht zu haben. Etwas gut dosierte Abweisung meinerseits soll Jasmine signalisieren, dass ich kein Interesse habe ihr näherzukommen.

Nach dem gelungenen Abendessen sitzen fast alle Anwesenden an dem großen Lagerfeuer im Hof des Anwesens und trinken Wein oder Bier. Mit einem Bierchen in der Hand geselle ich mich dazu und beobachte das Geschehen. Der Rest der Meute wäscht das Geschirr und die anderen Kochutensilien ab, ich habe Feierabend. In welchem Zimmer ich heute schlafe, weiß ich noch gar nicht. Anni ist eigentlich überall auf einmal oder auch nicht, sie ist so flink und beamt sich von hier nach dort. Als ich sie dann endlich mal erwische, frage ich sie, wo sich mein Schlafgemach befindet. "Komm mit, ich zeige es dir schnell", sagt sie. Wir betreten den riesigen Bau, in dem sich sowohl der Tanzsaal, als auch, darüber gelegen, der Schlaftrakt befinden. Sie führt mich zu einem Zimmer ganz hinten rechts und öffnet die Türe. "So, das ist dein Zimmer", sagt sie. Ein großes Bett für zwei steht darin. "Das ist ja klasse, schön viel Platz und ein großes Fenster ins Grüne", sage ich. Dann sagt sie:" Äh, die Jasmine schläft auch hier, ist das in Ordnung für dich?" Ich stell mir das alles vor, bin völlig verdutzt und kann nichts anderes antworten als: "Meinst du das ernst jetzt, ich soll hier mit einer wildfremden Frau schlafen? Das habe ich mir aber anders vorgestellt." Was man sich so vorstellt, trifft meistens doch nicht ein, wenn es dann soweit ist! "Wir haben das leider nicht eleganter hinbekommen mit der Verteilung der Gäste", entschuldigt sich Anni. Fehler meiner Planung war, dass ich nicht an die Zimmersache gedacht habe. Da muß ich wohl oder übel in Kauf nehmen, mir das Zimmer mit jemandem zu teilen. "Nee, is schon in Ordnung, wenns nicht anders geht",sage ich hoffnungslos. Ich wollte doch nur kochen, einfach kochen und schlafen. Klar, ein paar Leute flüchtig kennenlernen wollte ich auch. Jetzt bin ich stattdessen in einer heiklen Situation, was soll ich Julie berichten? Am besten nichts davon. Ich habe nicht vor, mit der Jasmine rumzuturteln, also halte ich einfach die Fresse und bin treu. Auf dem Hof steht ein alter Wohnwagen, viellcicht kann ich da ja schlafen. Die Tür von dem Teil ist nicht verschlossen, und als ich sie öffne weht mir ein Schwall feuchtwarmer Gammelluft entgegen. Die ganzen Polster und der Teppich sind feucht und muffelig. Hätte ich mir bloß ein Zelt eingepackt! Der Schlafsack und eine Luftmatratze sind immer im Auto deponiert, aber ohne Zelt bringt das nichts. Das Auto ist zu eng, da könnte ich nur gekrümmt liegen. Die Müdigkeit überkommt mich, wie eine Wolkenfront das Festland an der Nordsee. In bedrücktem Zustand stapfe ich hoch in das Zimmer. Es ist leer, ich ziehe mich um, gehe durch den Flur in das Bad, putze die Zähne und springe dann schnell ins Bett, um zu schlafen. Nun liege ich hier und habe Angst, Angst vor Jasmine. Die Einschlafphase ist trotz allem wunderschön. Selbstkomponierte Melodien mit Farben belegt fließen durch mein Gehirn. Das Wintergoldhähnchen tänzelt durch das Gestrüpp am Wegesrand. Julie erscheint und verschwindet zwischendurch wie ein Engel. Krach reißt mich aus dem Halbschlaf, Jasmine kommt! Ich mime den Schlafenden. Ohne sich zu entkleiden, fällt sie neben mir auf das Bett und sabbelt Unverständliches. Redet sie mit mir? Der Geruch von Rotwein durchdringt meine Nase. Ist die besoffen? Dann dreht sie sich ruckartig zu mir um und lallt: "Hallo, pennst du schon?" Ich mime den Schlafenden. "Hallo?", lallt sie nochmal, aber etwas lauter. Es klingt so, als hätte sie einen Eimer Rotwein intus. "Kannst du mich bitte schlafen lassen", nuschel ich ihr zu und dreh mich weg. "Bei mir dreht sich alles im Kreis, ich vertrag nicht viel Alkohol", lallt sie. "Kannst du nicht auf die Toilette gehen und dir den Finger in den Hals stecken?",schlage ich ihr vor. "Wo ist denn die Toilette hier oben, ich war bis jetzt nur unten auf Klo?", lallt Jasmine in den Raum. Um acht Uhr morgens enstpannt und ausgeschlafen einen Kaffee draußen in der Natur trinken, war der Plan. Es ist jetzt schon zwei Uhr in der Nacht und Jasmine scheint meine Aufmerksamkeit noch weiter in Anspruch nehmen zu wollen. Ruhig bleiben, alles positiv sehen, das Wasser muß im Topf bleiben, nicht überkochen! Jasmine: "Kannst du mich bitte zur Toilette bringen, Benno, ich schaff das nicht alleine?" "Ok, komm her, ich bring dich da hin", antworte ich gespielt nett. Wie ein Altenpfleger bewahre ich Jasmine auf dem Weg zur Toilette vor dem Umfallen. Jetzt berühre ich sie natürlich und meine Hände fressen sich in ihre Rippen. Auf dem Klo befehl ich ihr, sich vor der Schüssel hinzuknien und den Finger in den Hals zu stecken. "Ich kann das nicht!", lallt sie. "Steck den Finger tief in den Hals", bete ich sie an. "Aber das ist ekelhaft, ich mag das Gefühl da nicht", lallt sie. "Nun mach schon, ich muß bald mal schlafen", sage ich genervt. In dem Moment hat sie ihren Zeigefinger schon tief im Hals und die rote Brühe mit Klumpen kommt endlich aus ihr heraus. "Das war bestimmt noch nicht alles, mach es nochmal, bitte." Zwei Nachbeben fördern den Rest vom Fest zutage. Mit Toilettenpapier wischt sie sich den Mund ab und lallt, dass es ihr jetzt besser geht. Wir schleichen in unser Zimmer zurück. Sie lässt sich wieder in voller Montur auf das Bett fallen und schläft innerhalb von zwei Sekunden ein. "Puh, oh Mann, was für ein Scheiß aber auch!" Am Morgen weckt sie mich, indem sie mein Haar streichelt und ich erschrecke. Es ist ja sehr schön so gestreichelt zu werden, aber ich bin gewohnt, dass Julie es tut. Ruhig entferne ich mit meiner Hand die ihre und stehe auf. Jasmine dreht sich im Bett um und ich sehe ihren nackten Po ganz kurz. Sie hat sich wohl nachts irgendwann ausgezogen! Eine andere Schlafgelegenheit muß unbedingt her, denn ich fühle mich ganz schlecht bei dieser Sache hier mit ihr. Als ich aus dem Bad wieder ins Zimmer komme, um die restlichen Klamotten anzuziehen, steht Jasmine in Unterwäsche vor dem Spiegel und betrachtet sich in verschiedenen Posen. Da ich nicht blind bin, sehe ich, was Gott geschaffen hat. Er gab sich sichtlich Mühe und gestaltete wieder Schönes. "Zieh dich an und komm dann schnell in die Küche, wenn du Lust hast, wir haben viel zu tun, es ist gleich halb elf", geb ich ihr beim Verlassen des Zimmers zu verstehen. Als Jasmine nach einer Weile in die Küche kommt, jammert sie über ihren dröhnenden Schädel und entschuldigt sich für die Unannehmlichkeiten, die sie mir gemacht hat. Sie quatscht einen Haufen Zeugs, mit dem ich jetzt absolut nichts anfangen kann. "Lass uns jetzt arbeiten, ja!", sage ich ihr. Jasmine lässt es nicht sein, mich bei Gelegenheit, verführerisch anzusehen. Das ist schon nicht schlecht, begehrt zu werden, aber die Mauer um mein Herz herum ist stabil. Darin sind nur Julie und ich, es ist unser Märchenschloss, unsere Liebe. Jeder andere Mann würde hier wohl zugreifen. So viele aus meinem Bekanntenkreis machen solche Sachen, um einmal Sex zu haben, um sich ihre Männlichkeit zu bestätigen. Wo sollte ich dann mit meinem schlechten Gewissen hin? Heute kommen meine Helferinnen und Helfer wechselweise, weil sie den Flamencotanz erlernen oder verbessern wollen und dafür Zeit brauchen. Immer wieder muß ich die Leute kurz anweisen, was zu tun ist. Jasmine aber ist fast den ganzen Tag hier bei mir in der Küche und arbeitet gut. Wie wird die nächste Nacht wohl werden? Ich rede mit Annis Mutter über die Strapazen der letzten Nacht und sie bietet mir an, bei ihr, in ihrem kleinen Häuschen vorne an der Straße, auf dem Sofa in der Stube zu schlafen. Jasmine sage ich nichts davon! Nach dem Abendessen und dem Drumherum geh ich, mit meinem Schlafsack unterm Arm, rüber zu Annis Mutter, um zu schlafen. Das Sofa ist zu kurz, ich finde keine angenehme Schlafposition, dreh mich hin und her, probier alles was geht, aber es ist eine Katastrophe. Auch die Luftmatratze aus dem Auto muss nun ihren Dienst tun. Während des Aufpustens der Luftmatratze kommen Annis Mutter und zwei Typen in die Stube, sie wollen

77

hier noch ein Gläschen Wein trinken. Jetzt schlafen ist leider nicht möglich. Auf meinem Luftbett sitzend lausche ich mit einem feinen Tropfen Rotwein im Anschlag dem Gespräch. Der eine Typ scheint aus der Musikbranche zu sein, denn er redet kurz über eine gewesene Veranstaltung mit Gregory Porter. Der Porter ist zur Zeit der angesagteste Jazzsänger überhaupt. Ich lausche dem Gespräch, bei dem sie jetzt wieder über Tanzveranstaltungen reden und frage den Musikfuzzi, in einem passenden Moment, was er so macht. "Ich arbeite bei Pony Records in Berlin, im Bereich Digital Marketing." Oha, Volltreffer, noch heute Nacht fährt der wieder nach Berlin. "Ich brauche unbedingt Hilfe um ein paar Songs von mir fertigzustellen", sage ich und erkläre ihm, was ich damit meine. Er gibt mir seine Visitenkarte und sagt, dass ich ihm meine Songs mal schicken soll. Ich gehe nochmal raus ans Lagerfeuer und höre beim Näherkommen eine Stimme zur Gitarre singen. Es ist Jasmine und sie singt beeindruckend gut, ich bin begeistert.

Am Morgen fällt mir die Sonne ins Gesicht und lässt die Luftmatratze noch mehr nach Gummi riechen. Heute steht das letzte Essen an, es gibt Bennos Eintopf. Zwiebeln, Kartoffeln, Porree und Karotten in Kokosmilch gekocht. Würzen mit Salz,

Pfeffer, Kurkuma, ein bisschen Masala und ein wenig Orangesaft, fertig ist das Essen. Dazu gibt es selbstgebackene Pizzabrötchen und Salat. Um zwei Uhr am Mittag kommt Jasmine, um zu helfen und ich sage, dass ihr Gesang mich sehr beeindruckt hat. Sie freut sich darüber und fragt mich, wo ich die letzte Nacht geschlafen habe. Nachdem ich es ihr erzählt habe, sagt sie: "Schlaf doch heute Nacht wieder bei mir, ich trink auch nur ganz wenig nachher." Eine Antwort bekommt sie von mir nicht, nur die Aufforderung, einen Korb voller Linda Kartoffeln zu schälen. Da ich beim Arbeiten nicht gerne viel rede, erfährt Jasmine so gut wie nichts von dem, was ich außer Kochen noch so im Schilde führe.

Der Tag geht dem Ende zu, am Feuer wird gefeiert, getanzt und alles, was dazugehört. Ist Jasmine schon wieder besoffen? Sie wirkt clean, also kann ich mit ihr was anfangen. "Kommst du mit hoch, wir können uns ja was zum Trinken mitnehmen?", frage ich sie. Eine Flasche Wein und vier Bierchen sollten genug sein. Wir nehmen das Zeug und schleichen uns aus der Affäre. Als wir oben sind, schreib ich Julie, dass ich schlafen gehe und sage gute Nacht. Bilder von Herzchen, Küssen und Zungen sende ich mit. Im Schneidersitz setzen wir uns auf das Bett und sind still. Unsere Schultern berühren sich. Gleichzeitig greifen wir nach unseren Getränken und finden das witzig. Dann plaudern wir über das schöne Anwesen und so. Jasmine ist hübsch und nett und cool und strahlt. Die blöde Brille muß mir helfen, ihre Augen deutlicher zu sehen. Sie wundert sich, was ich da mache. Die Brille nervt, ich setz sie wieder ab. Dann beginnen wir, uns über Musik zu unterhalten und wie das so ist, bei Leuten aus der gleichen Branche, rennt die Zeit auch an uns vorbei. Ich greif ihr in die Haare, in die langen dunkelblonden Locken. Redend drückt Jasmine ihren Kopf in meine große Hand. Alles, was mit Beruf und Hobby zu tun hat, erzählen wir uns. Die Sonne beginnt schon, ihr Licht zu entfalten. Wir reden und reden, liegen nebeneinander bis ich einschlafe. Sie lässt mich schlafen. Wir verabschieden uns Sonntagmorgen nach einem gemeinsamen Kaffee. Vorher lass ich mir noch ihre Telefonnummer geben.

Es ist herrliches Sommerwetter und der Dienstag nach dem Flamenco-Sonntag. Abends, am Bahnhof Lehe, warte ich auf den Zug mit dem Julie kommen wird. Der Zug hält, sie steigt aus und haut mich dieses Mal gleich von den Socken. Es ist nun schon recht spät und wir fahren mit meinem Auto zum Herill Hostel. Das Wunschzimmer können wir erst morgen um zwölf Uhr nutzen, schrieb Herrill leider vorhin. Jetzt müssen wir unten, ein nicht so komfortables Zimmer mit Hochbett nehmen. Es ist mir unangenehm, ich wollte ihr mehr Luxus bieten. Das Bett ist zwar breit genug für zwei, aber dieses Gekletter ist doof. Julie ist kaputt von der Fahrt und wir schlafen recht bald ohne Sex ein. Am Tag darauf wollen wir in meinem Haus frühstücken gehen und ich bin gespannt, wie es ihr gefällt. Wenn ihr mein Heim gefällt und sie nicht angeekelt die Flucht ergreift, wird es gefährlich. Dann weiß ich, dass sie mich wirklich haben und behalten will. Dann wird die Sache richtig ernst und da habe ich etwas Angst davor, Angst vor einer festen Beziehung, Angst zu versagen, Angst vor Verlust.

Das Haus ist alt, aber groß. Das Bett ist klein-zu klein, deswegen habe ich uns im Hostel einquartiert. Dort ist auch alles neuer und sieht sauberer aus. Als wir mein Haus betreten, bemerkt Julie gleich, dass ihr so alte Gebäude und Möbel gefallen. In der Küche bereite ich ein Frühstück vor und Julie blickt aus dem Küchenfenster in den leicht verwunschenen Garten. Sie verrenkt ihren Kopf am Fenster und wird ganz kribbelig. Der Kirschbaum ist der erste Blickfang mit seinem kräftigen Stamm und den vielen starken Armen. Eine Katze von den Nachbarn läuft vorbei. Die Amsel fliegt davon. Bei dem Frühstück sitzt Julie mir gegenüber, sieht mich an, hebt ihr T-Shirt und zeigt mir kurz ihre Brüste. Die Erregung macht mich wild, ich geh zu ihr rüber und will da anfassen, sie verbietet es und lässt sich nur küssen. "Sag mal, willst du mich wahnsinnig machen?", sage ich und sie lächelt. Sie weiß genau, dass sie mich mit ihrem genialen Körper total verrückt macht. Nach dem Frühstück geht sie aus der Küche über die Terrasse auf den Rasen, der fast nur aus Moos besteht und beginnt, mit den Füßen darauf rumzustampfen. Dann legt sie sich auf dem Bauch auf das Moos und streckt die Arme aus. Noch nie habe ich gesehen, dass die mit Moos durchwachsene Rasenfläche hier umarmt wird. Julie drückt sich richtig in das Moos hinein und umarmt den Erdball zu einem kleinen Teil. Nachdem ich etwas Ordnung in der Küche gemacht habe, lege ich mich zu ihr in den Garten. Wären die Büsche zu den Nachbarn dichter, würde sie gern mit mir nackt sein und Spaß haben. "Wir müssen es unbedingt mal im Wald machen, Benno!" Ich zeig ihr noch den Rest vom Garten und vom Haus. Alles gefällt ihr sehr gut und damit weiß ich, dass es weitergehen wird: Wir sind ein Paar-fest zusammen! Es ist bald zwölf Uhr und wir gehen zum Hostel zurück. Schnell packen wir unsere Taschen und wechseln das Zimmer. Wir sind jetzt oben unterm Dach in dem größten und schönsten Zimmer des Hauses. Das Bett ist drei Meter breit und in der Mitte an der kopfseitigen Wand befindet sich ein kleines Fenster, wie bei Heidi von der Alm. Aus diesem Fenster hat man einen Blick ins Grüne und kann den ganzen Garten sehen, der bei Wind durch die Geräusche der riesigen Zitterpappeln beschallt wird. Gleich vereinen sich unsere Körper. Bei mir pulsiert das Blut, es pumpt sich in das Rohr und lässt dieses die maximale Größe und Festigkeit erreichen."Ja, reite weiter, Baby, du machst das so gut, es fühlt sich so gut an."

Um neue Energie zu tanken, machen wir uns auf den Weg zum nahegelegenen Engel Fisch-Fischgeschäft. Julie bestellt Rotbarsch in Bierteig mit Bratkartoffeln, weil der frische Rotbarsch im Verkaufstresen ihr optisch am besten gefällt. Ich bestelle den günstigeren Seelachs, auch mit Bratkartoffeln. "Beides zum Mitnehmen bitte!" Im Hostel essen wir dann den Fisch und Julie ist begeistert von dem Geschmack und der Konsistenz des Rotbarsches. "Tja, sowas gibt es in Freiburg wohl nicht!" sage ich. "Morgen will ich das wieder essen, aber dann dort im Fischgeschäft", schwärmt sie. Sie sitzt, isst Fisch und mein Blick schweift ihre Beine entlang bis zu dem, von einer kurzen Jeans bedecktem Zentrum. Für mich öffnet sie, nein sie löst ihre übereinandergeschlagen Beine und spreizt sie etwas, der Fisch wird beiseite gestellt, die Jeans schnell abgestreift. In einem weißen Spitzenhöschen setzt sie sich in die gleiche Position. Sie drückt die Beine noch weiter auseinander, schiebt die Beckenfraktion nach vorne und zieht die Beine mit den Händen hoch. Ich darf gucken, staunen und genießen. Es ist das Paradies mit ihr, besser gehts nun wirklich nicht! Eine Nacht haben wir noch und mitten in dieser weckt mich Julie, streckt mir ihr Hinterteil entgegen und lässt es sich von mir geben. Plötzlich entrinnt sie mir und schläft weiter. Die zwei Tage vergingen schnell und am Mittag, es ist Freitag, bring ich Julie zum Bahnhof. Wir verabschieden uns und schicken Küsse durch das Zugfenster. Richtig verliebt bin ich und würde am liebsten gleich wieder nach Freiburg fahren. Zurück im Hostel beseitige ich die Spuren unseres Aufenthaltes, wasche ab, ziehe die Betten ab und so weiter. Wir wollen das hier ja nochmal nutzen, denke ich, und da sollten wir ein guten Eindruck hinterlassen. Herrill wurschtelt im Garten rum. Als ich fertig bin mit dem Zimmermännchen-Job, gehe ich zu ihm rüber und er holt die ersten zwei Bier. Wir sitzen auf seiner Terrasse, sehen in Richtung der riesigen Pappeln und unterhalten uns prächtig. Um halb sieben klingelt mein Telefon. Ein Musikerkollege ist am anderen Ende der Leitung: "Hey Benno, wo bist du, wir warten schon länger auf dich!" Ich überlege, was der jetzt von mir will und dann wird mir ganz heiß. Der Termin war doch morgen, Samstag, den 26.08.. Der 26.08. ist aber heute, am Freitag. "Ach du Scheiße, ich habe den Termin verdreht, soll ich noch kommen?",frage ich. "Nein, der Thomas spielt den Song jetzt ein. Der Auftraggeber hier ist stinksauer auf dich, er dachte, du bist zuverlässig, er wollte unbedingt dich!", sagt mein Kollege. "Es tut mir wahnsinnig leid, das ist mir noch nie passiert, Mann so eine Scheiße", jammere ich. "Ok Benno, von dem wirst du keinen Job mehr bekommen, pass in Zukunft besser auf, tschüß." Vierhundert

Euro in den Sand gesetzt und mein Ruf-ich gelte als sehr zuverlässig-ist schwer beschädigt. Der Abend ist gelaufen. Wir trinken noch ein Bier und dann gehe ich frustriert nach Hause. Zuhause sehe ich in den Kalender und da steht es: Freitag, der 26.08 um 18 Uhr, Studiojob Dr.Mohr. Wieso hatte ich immer den Scheiß-Samstag in meinem Hirn gespeichert? -Alter, konzentriere dich, lass dich durch die Liebe nicht völlig durcheinander bringen!-

Fast einen Monat haben wir uns nun nicht mehr gesehen. Nachrichten per Handy, hunderte davon schickten wir durchs All. Früher, bei den Beziehungen bis in die neunziger Jahre, war man halt mal drei Wochen weg und hat nichts voneinander gehört, das fand ich entspannter! Es war eine andere Vertrauensbasis. Oder man sagte: "Bis morgen, Schatz!" und dann war Ruhe.

Mit der neuen Bereifung mach ich mich im Morgengrauen auf den Weg. Geschätzte zehn Stunden werde ich mit meinem zarten Arsch am Autositz kleben. Schon zwischen Hannover und Göttingen fängt mein rechtes Bein an abzusterben und ich mach eine Pause. Dehnungsübungen, ein paar Joggingansätze und damit das alles auch blödsinnig ist, eine Zigarette. Weiter gehts bis kurz vor Würzburg, Frankfurt meide ich lieber. Jetzt ist es ja nicht mehr so weit, denke ich, als ich auf meine Deutschlandkarte sehe, die fast so groß wie das halbe Auto ist. Nur eben an Heilbronn vorbei nach Karlsruhe und flutschi butschi bin ich in Freiburg. Navi? Verblöden muss ich nicht, ich präg mir die Karte und die Bezeichnungen der Straßen ein und fahr. Die A6 Richtung Karlsruhe macht mich völlig fertig. Zum Glück ist da Sinsheim, da wohnte Oma, das ist mir vertraut. Die Zeit vergeht im Stopp and Go. Mein rechtes Bein schmerzt, bei Sinsheim mache ich Pause. Ich suche mir auf dem Parkplatz einen Punkt, von dem ich Omas und Mamas ehemaliges Zuhause sehen kann. Da ist es, das Stift mit dem hohen Turm und das Hochhaus, in dem Oma, bis sie ging, wohnte, kann ich auch sehen. Kindheitserinnerungen werden geweckt. Es tut gut, fast da zu sein, wo man als Kind oft und gerne war! Der Blick zum Steinsberg, eine alte Burg auf der anderen Seite der Autobahn, wird von der Rhein-Neckar-Arena verdeckt. In diesem Megastadion wird ein Spiel namens Fußball zelebriert. Früher war Sinsheim wunderschön, dann kam die Autobahn und brachte viel Beton. Julie, ich will zu dir, ich kann es kaum erwarten, dich zu spüren. Sie will ja mit mir in den Wald, mal sehen, was das wird, ich freue mich darauf. In der Abenddämmerung fahr ich bei ihr auf den Hof, steig aus, gehe zur Haustür und in dem Moment kommt Julie raus. Eine fremde Person lächelt mich an. Kurze Verdauungspause! Es ist Julie, sie sieht aber irgendwie anders aus, nicht so schön, sie ist etwas geschminkt oder anders als sonst. Diese Frau begehre ich? Wir umarmen und küssen uns, gehen nach oben in das warme Appartment und ich komm erstmal an. Auf einmal ist sie wieder meine schöne, interessante und supersexy Julie. Wir essen was, reden, liebkosen, küssen, schlabbern, greifen, essen. Die kräftigen Bassistenhände umarmen sie und ihr Po wird mit aller Kraft gedrückt und auf und ab bewegt. Julies Ohren werden beknabbert und geleckt, auch hinter den Ohren, da geht sie richtig ab. Julie leckt meine Hände und jeden einzelnen Finger, sie liebt diese Hände, sie ist verrückt nach ihnen. Wahnsinn, einfach Wahnsinn! Inzwischen finde ich meine Hände auch richtig toll und leck ab und zu daran. Der Fernseher läuft ständig, das irritiert und stört mich etwas. Julie sieht sich oft die gleichen Filme von der Festplatte aus ihrer Heimat der Slowakai an. Auch amerikanische Filme sieht sie, glaub ich, in Schleife. Nachdem ich ihr gesagt habe, dass mich das nervt, wird Musik aus den Neunzigern, auch von der Festplatte, angemacht. Ich kenn das alles, fand es aber nie gut. Besser als Filme auf jeden Fall! Mein Gehör filtert sich die Musik jetzt so zurecht, dass sie mir dann doch gefällt oder eher gesagt, gut erträglich ist. Auch die Songs wiederholen sich nach einiger Zeit und ich lerne ihren Musikgeschmack ein wenig kennen. Während wir uns lieben und was auch immer wir in ihrer Bude tun, braucht sie Geräuschkulisse. Da passen wir nicht gut zusammen, denn ich liebe Ruhe und lausche ganz meinem Gegenüber, will jeden Atemzug hören. Dennoch gewöhne ich mich an die Art, mit ihr Zeit zu verbringen. Wenn sie arbeitet, gehe ich an Feldern entlang ins Nachbardorf, da ist es lebendiger als hier und trinke was oder kaufe ein. Auf Erkundungsreise in der Umgebung schlendere ich über die Hügel, denke nach und sauge den Ausblick und den Geruch des Windes in mir auf. Zwei ganze Wochen hab ich mir Zeit genommen, um hier mit Julie zu lieben. Nach ein paar Tagen stell ich fest, dass meine Geliebte nicht wirklich Lust hat nach der Arbeit oder an freien Tagen, was zu unternehmen. Wir wollten in den Wald, davon rede ich öfter und warte auf das Startsignal, aber es kommt nicht. Irgendwie will sie einerseits Spaß haben und andererseits ist sie desinteressiert, wenn ich Vorschläge zu Unternehmungen mache. Ich dachte, wir wollten im Wald schön Spaß haben, verbotene Dinge tun und so?

Die Schlossbergbahn, in der Nähe des Siegesdenkmals in Freiburg City, ist ein automatisierter Schrägaufzug, mit dem man den Schlossberg hochfahren kann. Mit Julie habe ich abgemacht, dass wir da hochfahren und vielleicht in dieses Restaurant dort gehen oder was auch immer, wir wollen da hoch. Wir fahren also in die Stadt, gucken hier und dort, gehen was essen und zum Abschluss Richtung Schlossbergbahn.

Der Stadtgarten: Wir sitzen da auf einer Bank, die Bergbahn nur fünfzig Meter von uns entfernt. Wir beobachten die Enten. "Wollen wir da jetzt hochfahren, Liebling?", frage ich. Als wenn eine Entscheidung zu einer verschiebbaren Operation im Krankenhaus ansteht, schaut sie jetzt drein und sagt: "Nein, ich habe keine Lust." "Hey, wir wollten das doch machen, warum willst du nicht mehr, was ist los?", meckere ich sachte. "Ich hab jetzt keine Lust mehr", sagt sie. Ich raffe gar nichts mehr und versuche sie umzustimmen, leider vergeblich. Kein Wald, keine Schlossbergbahn, ich bin sauer! Kann sein, dass es an ihrem Marihuana-Konsum liegt, denke ich und speichere die Ereignisse im Ordner der Enttäuschungen ab. Das kann sich ja noch ändern mit dieser Art Lustlosigkeit, vielleicht hat sie ja ein anderes Problem, von dem ich nichts weiß? Wir treten den Heimweg an und ich bohre bei ihr nach dem Grund der Lustlosigkeit. Schnell verarbeiten und vergessen, ist nicht meine Stärke, doch als wir Zuhause sind, ist mein Liebling so entzückend zu mir, dass wir wieder zusammenfinden. Wir verschlingen uns auf dem flauschigen weißen Teppich und danach beginnt Julie mit dem Staubsauger zu hantieren. Sie bückt sich, um unter dem Bett zu saugen und ich betrachte ihr, durch eine dünne Chillhose bedecktes, Hinterteil. Gier steigt in mir auf. Der Kopf von Julie ist jetzt unter dem Bett, ich greif an. Die Hose wird ihr schnell runtergezogen und hinein ins Vergnügen. Brutal stoße ich zu, ihr Kopf drückt sich dadurch noch weiter unter das Bett. Sie lässt es sich gefallen, es ist zum Schreien geil, aber ich schreie nicht. Die ersten Nächte sind wir fest umschlungen eingeschlafen. Jetzt schiebt Julie mich meist unhöflich weg, weil sie frei liegen will, es ist ja auch megawarm hier. Das tut mir etwas weh, aber ich schlafe in ihrer Anwesenheit viel besser als alleine, auch wenn ein Zwischenraum uns nun vor dem Zusammenkleben bewahrt. Wenn sie früh zur Arbeit geht, schlaf ich schön weiter. Wenn sie frei hat, steh ich vor ihr auf und putze ein wenig. Ich reinige die Toilette ohne Ekel. Den Wasserhahn poliere ich bis er streifenfrei ist und glänzt, den Spiegel auch. Herd, Spüle, alles sauber. Auch in den Unterschränken und in den hintersten Ecken wird gewischt, bis ich zufrieden bin. Eigentlich könnte ich Julie ständig beglücken, weil sie immer, auch im Schlaf, so anziehend wie ein selbstgemachter Kartoffelpuffer ist. Ein Kartoffelpuffer? Ja, die Teile verschlinge ich bis nix mehr da ist. Vor einem Gartengroßhandel essen wir heute zu Mittag Rigatoni mit Gemüse und Tomatensoße vom Bäcker. Lecker, bloß das Parkplatzambiente passt nicht. Sperlinge suchen nach Brotkrümeln, die hier reichlich zu finden sind. Wir sehen der Kundschaft beim Beladen der Autos zu. Der angereicherte Torf in Plastiksäcken wird mit Vorfreude auf sprießende Blumen ins Auto gehievt. Dass die Moore sterben ist doch wurscht! "Wollen wir heute in den Wald?" Überall auf den Bergen umzu ist Wald, zwar erst in einigen Kilometern Entfernung, aber da ist er und wäre schnell zu erreichen. Julie will nicht in den Wald. Punkt! Mein Angebot, eine kleine Tour in den Ort Staufen zu machen, nimmt Julie, trotz mäßiger Begeisterung, an. Staufen habe ich mir auf einer Erkundungstour ins Umland angesehen und fand es dort sehr schön. Besonders der Bergbach, der durch den Ort fließt, hat es mir angetan. Auf der Ruine Staufenburg, die ganz nah am Ortszentrum liegt, war ich auch. Nach einem zwanzigminütigem Marsch bergauf ist man schon am Ziel und wird mit einem tollen Ausblick bis in die Vogesen beschenkt.

Wir fahren also nach Staufen, gehen einmal durch die schnuckelige Fußgängerzone bis zu einem Bäckerladen, vor dem wir einen Kaffee trinken. Julie scheint gelangweilt zu sein, obwohl es hier malerisch schön ist. Scheinbar hat sie auch kein Interesse, die Staufenburg zu erklimmen, aber ich frage trotzdem, ob sie mitkommt. Nach fünfzig Metern bergauf hat sie keine Lust mehr, wir kehren um und gehen zurück zum Auto, fahren weg, das wars. Wie eine Badewanne mit Enttäuschungswasser gefüllt, schwer und kurz vor dem Überlaufen, befällt mich eine quälende Unzufriedenheit. Sieben Tage bin ich jetzt hier und so langsam fühl ich mich gefangen in Julies Welt. Ich lasse mir das nicht anmerken, aber am neunten Tag ist es soweit und ich pack meine Sachen, während sie einen Mittagsschlaf macht, ganz leise ein. Als sie aufwacht, sieht sie mich an und ich sage sofort: "Ich gehe jetzt, fahr nach Hause." Sie steht auf, guckt entsetzt, kommt mir sehr nahe, sieht mich an und sagt: "Bitte geh nicht", "Doch ich fahr jetzt nach Hause, wir passen nicht zusammen", sage ich fest entschlossen. Mit meiner Reisetasche in der Hand, verlasse ich das Appartment und will auch nicht wiederkommen. Auf der Autobahn bei Baden Baden fahr ich auf den Parkplatz und lese die Nachricht von Julie: "Bitte komm zurück, ich liebe dich." Die Tränen fließen mir auf das T-Shirt. Eine rauchen, pinkeln, im vollgepissten Schwarzgrün und danach die Beine bewegen. Zurück im Auto lese ich "Lass mich nicht alleine, ich dreh durch!" Wieder kommen mir die Tränen, aber ich muss weiterfahren, Richtung Norden. Hinter Heilbronn setzt die Abenddämmerung ein und ich entscheide mich, weil nachts fahren nicht meins ist, mir eine Unterkunft zu suchen. Erstmal weiter Richtung Würzburg, noch ein paar Abfahrten hinter mir lassen, bis die Abfahrt Möckmühl mich zum Verweilen einlädt. Es dauert und dauert bis ich den Wurstort erreiche. Hier gibt oder gab es eine riesen Wurstfabrik in der Nähe, oder was weiß ich, erfahre ich später von meinem Onkel, der da mal mit dem Fahrrad war. Von Sinsheim nach Möckmühl an einem Tag mit dem Radl, alle Achtung! Die Hauptstraße in dem Ort führt unter anderem an mittelalterlich anmutenden Bauwerken vorbei. Kaum war ich da, bin ich auch schon wieder weg, also umdrehen, nochmal rein in den Ort und eine andere Richtung einschlagen. Da, an der Ecke seh ich ein Hotelschild und suche was zum Parken. Anstatt zu schlafen, kann ich ja einfach die ganze Nacht einen Parkplatz suchen, tolle Idee! Parken verboten ignoriere ich dezent und suche den Hoteleingang, der nirgends zu finden ist, nur ein Chinarestauranteingang sehe ich und gehe da rein. Au weia, wie muffig und unschön das hier drinnen ist. Mit der Frage nach dem Hotel liege ich hier genau richtig, denn wie ich erfahre, bin ich schon drinnen. Hier würde ich nie essen, das riecht komisch! OK, ich nehme mir hier ein Zimmer, parken darf ich auf dem Hof gleich hinter dem dicken Benz. Das Zimmer ist klein, geschmacklos, aber sauber. Noch eine rauchen am offenen Fenster und dann ab ins Bett, ich bin müde vom Heulen. Vorher lese ich noch die flehenden

Nachrichten von Julie und antworte: "Es geht nicht anders, ich muss nach Hause." Das Einschlafen ist kein Problem, das Aufwachen schon: Gegen sieben Uhr morgens wecken mich lautes Gequatsche und Motorengeräusche aus dem Hinterhof, dort, wo auch mein Auto steht. Immer die gleiche Stimme sabbelt ununterbrochen in die Morgenruhe. Es hört nicht auf, mein Fenster ist zu und der Lärm ist unerträglich. Als ich aus dem Fenster blicke, sehe ich mehrere Männer im Hof, von denen einer ohne Ende labert. Es sind Dachdecker, und ich gehe mal davon aus, dass der Oberlabermann, der Meister des Betriebes ist. Mehrere Anhänger stehen schon auf dem Hof und vor der Einfahrt wartet ein Trecker, der mit seinem Motorengeräusch dem Gelaber eine rustikale Klängfläche bietet. Problem des Ganzen ist natürlich mein popeliges Auto, der Trecker kommt nicht daran vorbei und deswegen wird wohl solange gesabbelt bis es sich verflüchtigt, gute Theorie! Praktischer wäre es für die da unten, den Halter des Autos ausfindig zu machen, aber scheiß drauf, ich gehe runter und löse den Salat. Dem Chef spreche ich noch meine Bewunderung für seine Ausdauer beim Quatschen aus, er kapiert nicht, was ich will. Als ich wieder oben bin, lese ich Julies Nachrichten. Ja es ist alles sehr traurig, aber ich muss heim. Schlafen bringt nichts mehr, also ab ins Auto und los an die Nordsee. Immer weiter entferne ich mich von der, wie auch ich, leidenden Julie. Heulattacken befallen mich schon kurz nach der Ankunft beim Kaffeetrinken in meiner Küche und ich bin total fertig. Sie leidet wegen mir, will, dass ich zurückkomme, sie liebt mich, braucht mich. Geliebt zu werden, ist so schön. Ich kann das von ihr haben, darf diese wunderbare Frau fühlen und genießen. Mein Ego am Zenit des Machbaren, wenn sie an meiner Seite in der Öffentlichkeit glänzt wie fünfzig Kilo Brillanten. Die Heulattacken nehmen nicht ab an diesem Tag und am Nachmittag buche ich mir ein Zugticket für den nächsten Tag nach Freiburg, ich halte das so nicht aus. Ich komme morgen wieder zu dir, schreibe ich Julie und sie ist, wie ich, von den Schmerzen befreit. "Sowas mache ich nicht nochmal mit", sagt mir Julie als ich am nächsten Tag in ihrem Appartment stehe und sie, dieses Wunderwesen, ansehe. Ihre Eigenschaft des schnell Vergessens oder Verdrängens macht es möglich, dass wir nach kurzer Zeit unsere Zweisamkeit wieder voll genießen können. In cinem syrischen Restaurant in Freiburg-Rieselfeld, oder wie ich sage, Reisfeld, essen wir zwei Tage nach meiner Ankunft zu Abend. Julie sagt mir dort, dass sie in meine Heimatstadt umziehen und dort arbeiten will. "Ich will zu dir!", sagt sie fest entschlossen. "Dann musst du dir eine eigene Wohnung suchen", sage ich ihr aus dem Bauch heraus.

Sie schaut etwas sparsam drein und sagt nichts dazu. Ganz schön direkt und hart von mir, ihr das so deutlich zu sagen. Aber, ich will nicht von heute auf morgen mit einer Frau zusammenleben, die ich noch zu wenig kenne. Insgesamt waren wir ja erst gefühlte drei Wochen wirklich beieinander und das ist mir echt noch nicht genug.

Julie sitzt auf mir wie auf einem Pferd, also in der Reiterstellung und bewegt ihren Körper kunstvoll. Dabei hat sie die Augen geschlossen, ich sehe sie an. In der Wärme der Umklammerung bin ich geborgen. Julies Gewicht und Größe ist perfekt für mich. Ihr kreisendes Becken massiert meinen Stamm. Der Fahrstuhl nähert sich dem Himmel, ich bin gleich da. Das Himmelstor öffnet sich langsam und ich schwebe hinein. Wohliges Zittern, Wärme, eine Wolke umschließt mich, nimmt mich in sich auf. Engelchen begleiten mich auf der Reise in einen ganzkörperlichen Superorgasmus. Keine Entladung, nein, nichts kommt aus mir heraus. Gefüllt mit Glück und völlig verwirrt, schiebe ich Julie von mir runter. Ich stehe auf. Das Zittern hört nicht auf, es ist unglaublich schön, ich muss mich am Stehtisch festhalten, um nicht zusammenzubrechen. Julie sieht mich an und fragt, was los ist. Mein Zustand ändert sich nicht, ich sag nur kurz: "Ich bin total weg." Ich dachte immer nur Frauen zittern, wenns abgeht. Irgendwie zittert alles in und an mir ein wenig. Nach einer Dreiviertelstunde versetzte ich mich langsam wieder in den Normalzustand. Was war das? Was für ein Glück, das erlebt zu haben, denke ich. Die Komponenten des Aktes passten so zusammen, dass das Unvorstellbare und wahrscheinlich, nicht zu Repruduzierende, geschehen ist. Alles habe ich losgelassen, habe auch mich losgelassen und wurde dafür mit Glück beschenkt.

Wenn Julie wirklich zu mir umziehen will, wird es noch ernster als jetzt. Es wird ihr dort oben bestimmt nicht gefallen. Diese Stadt ist häßlich und dreckig. Eine der ärmsten Städte Deutschlands kann doch mit dem märchenhaften Freiburg niemals mithalten. Was für ein Kulturschock wird das für sie sein? Die Berge mit den Wäldern fehlen, die Wärme, der Luxus, die Studenten und Touristen. OK, hier ist das Meer, die Schiffe und viele Möwen. Die Luft ist gesund, die Menschen nett und offen. Ich spüre aber schon jetzt, dass das in die Hose gehen wird, wenn Julie in den Norden umsiedelt. Hier oben kann man ja nichtmal vernünftig shoppen gehen. Das Angebot ist so jämmerlich, dass auch ich so gut wie nie zum Klamotten kaufen in die Stadt fahre. Zwangsläufig spart man dabei Geld, was ja auch nicht verkehrt ist. Hosen kaufe ich in Frankfurt, wenn es möglich ist. Für Schuhe würde ich Freiburg empfehlen, das Angebot in den vielen Läden dort ist der Hit. Na ja, vielleicht war die Aussage von Julie nur Träumerei und kein Entschluss. Schwupps, wieder ein Abschied ohne Tränen, aber es fällt uns beiden schwer, die Entfernung voneinander ist so groß.

Drei Wochen darauf fliegt Julie von Basel nach Hamburg, sie wollte probieren, ob das angenehmer als acht Stunden Zugfahrt ist. In Hamburg hole ich sie ab und freue mich wahnsinnig als ich sie sehe. Nach zweistündiger Fahrt mit dem Auto quartieren wir uns wieder bei Herrill ein. Der Flug war für Julie zwar schön, aber Zeit, im Vergleich zur Bahnfahrt, hat sie nicht gespart. Als wir am dritten Tag ihres Besuches in der Küche, unten in Herrills Hostel, nach dem Essen das Geschirr abwaschen, mache ich wieder einen dummen Fehler. Nach mehrmaligem Fragen Julies, ob ich schonmal mit einer anderen Frau hier genächtigt habe, sage ich ihr, dass ich Anfang März eine Nacht mit Sali hier verbracht habe. "Hast du in dem gleichen Bett dort oben mit ihr geschlafen?", fragt sie. "Ja", sage ich. Oh Scheiße, warum lüge ich nicht einfach? Da kam es wieder, ehrlich gefährlich! Ist ja verständlich, dass sie jetzt sauer ist, aber sie kann die Angelegenheit wieder schnell verdrängen. Wir verbringen noch eine schöne Zeit zusammen, essen Rotbarsch, lieben uns und dann ist es wieder soweit, Abschied!

Zwei Tage später, am fünfzehnten November, ruft Julie
mich an und sagt: "Ich habe gekündigt und komme in einem
Monat zu dir, ich suche schon nach Arbeit!" Die Frau macht
ernst, ich kanns kaum glauben, soll ich mich freuen? Ja, nein,
ich finde ihre Entscheidung überstürzt, lass es mir aber nicht
anmerken, denn gekündigt ist gekündigt, da gibt es kein
Zurück. Sofort beginnt sie, sich hier in der Umgebung in Hotels
und Bäckereien zu bewerben. Die Suche entpuppt sich als gar
nicht so einfach, aber ein paar Einladungen liegen nun vor. Die
Vorstellungsgespräche plant sie sehr genau und will bei diesen
ein überdurchschnittlich hohes Gehalt fordern, was am Ende
aber nichts wird. Als die Termine feststehen, kommt sie zwei
Tage zu mir und und stellt sich in den Läden vor. Irgendwie
klappt das für Julie alles nicht so wie gewünscht, aber die Zeit
drängt sie, sich zu entscheiden. In einem Hotel hier in der Nähe
sagt sie dann zu, weil die ihr auch gleich ein Zimmer zum
Wohnen anbieten und sie sofort mit der Arbeit beginnen kann.
Dieses Hotel und der Anbau in dem Julie bald wohnen wird,
liegt an der lautesten Straße Fischtowns. Alle LKW, die in den
Hafen fahren, müssen hier vorbei und das geht hier non-stop
Tag und Nacht so. Bei der Begutachtung des Zimmers wird mir

ganz anders, denn es ist sehr eng dort und dann wohnen da auch noch Männer in den anderen Zimmern, die nicht gerade so wirken, als würden sie gerne den Wischmopp schwingen. Aber Julie zieht das durch, sie will hier einziehen. Ein letztes Mal besuche ich Julie in Freiburg für zwei Nächte und wir planen den Umzug. Alles paletti, ab dem 19.12.lebt und liebt und wohnt und arbeitet sie in Fischtown.

Der ICE fährt diesmal über Frankfurt nach Köln und ich habe das Gefühl, wir heben gleich ab, die Lokomotive zeigt hier mal, was in ihr steckt. In Mannheim steig ich nochmal um und dann direkt weiter bis Freiburg. In Bühl und Baden- Baden war ich auch schon mit der Band, wir fahren daran vorbei. Dass ich mal wegen einer Frau so oft durchs Land fahre, ist doch irre, ich schätze dreizehntausend Kilometer hab ich schon auf dem Buckel! Wenn die Berge auf der linken Seite beginnen ihre Muskeln zu zeigen, ist man bald in der Märchenstadt. Jedesmal überlege ich dann, ob ich hier unten leben könnte. Das Meer ist weit weg, der Blick endet an Bergen, die beschützend einengen. Bei der Ankunft in Julies Luxusbude bin ich irritiert, weil es noch fast so aussieht wie immer. Drei Kartons sind gepackt und einige Möbel nicht mehr genau an ihrer Stelle, das ist alles. Wir lieben uns zügig und packen danach Kartons bis wir einschlafen. Meine Hand liegt dabei auf Julies Po. Morgens gehts weiter mit Packen, es ist wie bei jedem Umzug mehr als gedacht. Der ganze Kleinkram macht einen wahnsinnig! Zwischendurch gehen wir im Nachbarort essen und sind danach müde. Egal, geht nicht anders, weiterpacken ist angesagt. Es ist noch chaotisch als der Schlaf uns überfällt.

Montag 19.12. Julies Wecker klingelt morgens nicht und wir wachen gut, eine Stunde zu spät auf. Einen Leihwagen wollten wir um neun Uhr in der Stadt abholen und es ist gerade neun. Anstatt des Busses müssen wir jetzt ein Taxi benutzen. Nachdem ich den Leihwagen gecheckt habe, es ist ein großer Mercedes Sprinter, holen wir noch zwei Bekannte von Julie ab, die uns beim Umzug helfen wollen. Die beiden Typen arbeiten schnell und sabbeln nicht viel, das hätte ich gar nicht gedacht. Der eine, er heißt Silvio, sieht echt total fertig aus, ist aber sehr lustig drauf. Ob Julie mit dem wohl mal was hatte? Nachdem alles in dem Lieferwagen verstaut ist, fahren wir die beiden Helfer wieder in die Stadt, was nicht geplant war und dann auf die Autobahn 5 Richtung Norden. Scheinbar fällt es Julie nicht schwer Freiburg zu verlassen, denn sie sagt gar nichts zu dem

Thema. Ich ärgere mich wegen des Zeitverlustes. Wir müssen um neun Uhr abends in Fischtown ankommen, weil ich um diese Zeit Kumpels zum Möbelschleppen engagiert habe und uns fehlt schon mehr als eine Stunde. Da der Wagen in einem tip-top Zustand ist und die Autobahn an diesem Montag fast leer, was mich sehr wundert, gebe ich jetzt richtig Gas. Am Anfang unserer Umzugstour unterhalten wir uns noch ganz normal, doch es wird immer weniger, je länger wir unterwegs sind und ich fühle mich etwas unwohl dabei. Ja, unwohl und ich grüble über diese Situation bis Julie beginnt, mir ein Märchen zu erzählen. Ihr ist es wohl auch unangenehm sich anzuschweigen. Als sie mit dem Märchen fertig ist, beginnt sie im Radio nach Musik zu suchen, die ihr gefällt. Nichts gefällt ihr und sie ärgert sich. Wir fahren und fahren, eine Fahrt ins Ungewisse mit Tempo 160. Die Kassler Berge machen sich langsam bemerkbar und es beginnt dunkel zu werden. Der Wagen passiert die Autobahnserpentinen der Kassler Berge mit links, mein kleiner Wagen gerät hier immer sehr ins Schwitzen. Geschafft! Zwischen Göttingen und Hannover spür ich diese wunderschöne Hand an meinem Schritt. Der Sicherheitsgurt wird ausgeklickt, Julie beugt sich zu mir rüber und beginnt meine Hose zu öffnen. Dann ergötzt sie sich mit den Händen und wenig später wird der Harte ganz warm, er ist in ihrem

Mund verschwunden. Die Polizei würde mich jetzt wegen Schlangenlinien fahren stoppen. "Da, ein Parkplatz!" Mit einer waghalsigen Aktion zieh ich schnell rüber auf die Ausfahrt und lass den Wagen auf den Parkplatz rollen. Weit weg von Zuschauern halte ich an. Jetzt gehts ganz schnell, Julie lässt die Hosen runter, setzt sich auf meinen Schoß, ich stoße zu und pass dabei auf, dass keiner näherkommt. Es ist wie eine kurze Filmszene, echt klasse, was anderes kann ich dazu nicht sagen. Nachdem ich wieder auf die Autobahn einschere, prasseln Lichthupen auf mich ein, meine Scheinwerfer sind aus. Alter Verwalter, bin ich verwirrt durch die Aktion. Hektisch find ich den Schalter und atme durch. Komm runter Junge, werde wieder cool! Dunkle Schokolade und Traubenzucker halten mich fit für die letzten zweihundert Kilometer. Julie ist entspannt und nervt nicht. "Ich liebe dich!" "Ich dich auch!" Fast schweigend nähern wir uns Fischtown und als wir bei dem Hotel ankommen, pünktlich wie geplant, warten ein Bassschüler und ein Bandkollege, um uns beim Ausladen zu helfen. Durch den Eingang zur Hotelküche schleppen wir einen Teil der Möbel und den ganzen Klimbim in das erste Stockwerk. Dort haben wir Mühe, das Bett und andere sperrige Sachen um die Ecke in Julies Zimmer zu bewegen. Alles, was Julie nicht benötiget, landet im Keller. Dass hier ein Hotel existiert, wusste ich bis vor kurzem noch gar nicht, habe noch nie was davon gehört. Das Zimmer liegt genau über der Küche, die ich jetzt inspizieren will. Kein Personal ist zu sehen, ich gehe rein. Ich liebe Küchen und diese ist professionell gestaltet, echt gut. Eine dreckige Bratpfanne steht auf dem Gasherd, der wiederum gepflegt aussieht. Ansonsten wirkt es hier nicht so, als wenn für die Hotelgäste richtig gekocht wird, denn im Gewürzregal steht nur Salz und eine Flasche Ketchup. Dreckige Handtücher liegen rum. Dann ist da so ein kleiner Gefrierschrank, in den man von oben durch eine Plexiglasscheibe reinsehen kann. Pommes Frites, Lasagne Fertiggerichte, Tiefkühlpizzen und ein paar tote Fische sehe ich darin. Ist ja irgendwie komisch, das kulinarische Angebot hier! Beim Betreten des Kühlraumes bekomme ich den Mund nicht mehr zu vor Staunen. Gemüse, alt und gammelig, Toastbrot trocken, Kuchen matschig, Käse schimmelig und so weiter. Wie soll das hier mit den Gästen ohne Beschwerden funktionieren? Die Küche ist echt cool, alle Geräte vorhanden. Hier könnte man als Koch gut alles zaubern, was der Magen begehrt, aber das will hier keiner. Die anderen schuften noch, als ich wieder dazustoße. Von einem großen Bilderrahmen ist die Scheibe zerbrochen, aber der mannsgroße Spiegel ist heilgeblieben. Nur ein Schränkchen steht in Julies Zimmer, die anderen sind im

Keller. Aus sechs Teilen besteht die Schlafcouch, ich baue die Teile zusammen und das Zimmer ist dadurch fast voll. Die Luft ist schlecht, ich mache das Fenster auf und Julie macht es kurz darauf wieder zu. Der Wagen ist entladen, morgenfrüh um halb neun fahre ich den Sprinter zu der hiesigen Autovermietung und gebe den Wagen ab. Unsere Helfer dürfen nun gehen, wir verabschieden sie. Julie und ich fummeln das Bettzeug aus den Plastiksäcken und dann nichts wie schlafen. Die Luft ist schlecht. Rote Augen sehen mich aus dem Spiegel an, als ich mir am Morgen die Zähne putze. Das liegt an dem geschlossenem Fenster und der laufenden Heizung bei Nacht.

Der Kochkurs in der Schule ist wie immer anstrengend für die Nerven, aber macht trotzdem Spaß. Drei Stunden habe ich Zeit, mit den Kindern zu arbeiten. Anschließend fahre ich zur Musikschule und gebe Bassunterricht. Die meisten Schüler üben zuhause gar nicht, aber ein Shootingstar ist zum Glück dabei. Zwischen Zocken an der X-Box, Hausaufgaben und Freundin, rockt er den Bass fast täglich. Es ist eine Freude zu sehen, was geht, wenn geübt wird.

Julie richtet heute ihr Zimmer ein und morgen beginnt sie im Hotel zu arbeiten. Richtig gemütlich hat sie es gestaltet, stelle ich fest, als ich am Abend bei ihr reinplatze. Im Fernseher läuft ein Film von der Festplatte, den ich bei ihr schon öfter gesehen habe. Auf dem Bett liegend beobachte ich Julie beim Auspacken verschiedener Kerzenständer und anderem Kleinkram. Ich würde gerne schmusen, aber sie ist nicht bereit dazu. Glücklich scheint sie nicht zu sein und ihre Stimmung überträgt sich auf mich. Es ist sehr eng in diesem Raum, ich brauch frische Luft und Platz. Auf dem Hof rauche ich eine selbstgedrehte Zigarette, laufe etwas herum und danach seh ich mir das Bad an. Dieses Drecksloch wird von allen Mitarbeitern, die hier wohnen benutzt, aber nicht geputzt, wieviele das sind, wissen wir nicht. Also mach ich mich an die Arbeit, das Bad zu reinigen. Zuerst ist die Toilette an der Reihe. Urinstein und Kalk bilden eine zentimeterdicke Schicht im unteren Bereich, dort wo die Ausscheidungen sich sammeln und dann beim Spülen eingesogen werden. Wieviel Jahre wurde das wohl nicht mehr geputzt? Mit einem stumpfen Messer versuche ich die steinharte Masse Stück für Stück wegzubrechen. Die Handgelenke schmerzen schon, als sich mit einem mal das ganze Urinsteinteil ablöst. Gut, nun werden die Fliesen an der Wand geschrubbt und danach der Boden, auf dem dicke

Farbkleckse als neue Herausforderung auf mich warten. Danach das Waschbecken und den Spiegel zum Glänzen bringen. Alles sauber, ich bin fertig und geh stolz in Julies Zimmer: "So, das Bad ist sauber, Liebling" "Ok Liebling, ich leg mich jetzt hin und will bald schlafen, morgen ist mein erster Arbeitstag", sagt sie. Wir liegen nebeneinander und ich merke, sie will nicht. Zehn Stunden arbeitet Julie an ihrem ersten Tag im Hotel und berichtet mir, nachdem ich von einer Bandprobe bei ihr abends erscheine, wie der Tag gelaufen ist. Ganz alleine sollte sie für die wenigen Gäste das Frühstück zaubern, was mit viel Willen und Improvisationsgeist auch grad so hinzubekommen war. Wie gesagt, die Lebensmittel sind ja zum größten Teil unbrauchbar. Besteck und Geschirr musste sie suchen und säubern. Die Löcher und Flecken der Tischdecken unter Blumenvasen und Salz und Pfeffergefäßen verstecken. Den Fußboden wischen hat sie nicht mehr geschafft. Als die Gäste, den nach Zigarettenrauch müffelden Frühstücksraum, welcher auch Restaurant sein soll, verlassen hatten, begann Julie erstmal mit der Grundreinigung des Raumes. Als sie damit fertig war, hat sie eine Liste angefertigt, auf der alles steht, was für ein vernünftiges Frühstück, und allem was dazugehört, benötigt wird. Morgen fährt sie dann mit dem Chef einkaufen. Julie kann echt hart arbeiten, aber bei unserem Sexversuch, den wir

110

gerade starten, hat sie keine Power. "Aua, das tut weh, lass das, Benno!", sagt sie gehässig, als ich sie umarme. Abbruch der Aktion, sie schläft ein. Auf dem Fensterbrett über der ständig laufenden Heizung plaziere ich eine große Schale mit Wasser. Die Luft hier ist so trocken, vielleicht bringt das Befeuchten etwas! Fenster öffnen darf ich nicht, weil es dann zu kalt und zu laut ist. In diesem Zimmer fühl ich mich unwohl und kann mir nicht vorstellen, hier auf die Dauer zu nächtigen. Julie will aber, dass ich nachts bei ihr bin und ich lasse mich darauf ein. Heiligabend, den wir mit meiner Schwester bei Mama feiern, geht voll in die Hose. Nach der Arbeit kommt Julie und gesellt sich zu uns. Ab diesem Moment ist die Stimmung verkrampft, was ich gar nicht wahrnehme. Ich kümmerte mich nur um meine Geliebte, muss ich mir am ersten Weihnachtstag anhören. Die Familientradition wurde entfremdet. Für Mama und meine Schwester war es kein schönes Fest. Ich finde Weihnachten eigentlich immer verkrampft, auch ohne Julie. Für mich war es schön, dass sie da war und wir danach bei mir zu Hause kuschelnd einschliefen. Am zweiten Weihnachtstag wird mir vom Hotelchef verboten in Julies Zimmer zu nächtigen und deswegen schläft sie nun immer bei mir. Wenn ich mit der Arbeit fertig bin, hole ich Julie ab. Von der langen Schufterei fällt sie meistens nach dem Abendessen bald ins Bett und schläft. Um fünf Uhr morgens fahre ich sie dann wieder zur Arbeit. Die Umstellung mit Orts- und Arbeitsplatzwechsel hat Julie in einen leicht depressiven Zustand versetzt. Scheinbar fühlt sie sich von mir auch alleingelassen, weil ich meinen Tagesablauf so beibehalte wie er war, bevor sie kam. Nein, ich behandele sie nicht wie eine Göttin, aber ich gebe mein Bestes, damit sie sich hier wohlfühlt. Obwohl es im Moment alles etwas trostlos erscheint, lieben wir uns sehr. Wenn ich mich zu ihr lege und sie noch wach ist, drücken und küssen wir uns zärtlich. Wenn sie schlafend neben mir im Bett liegt, sehe ich sie an und bin überglücklich. Silvester sind wir bei Herrill und seiner Frau eingeladen. Mit sowas hatte ich nicht gerechnet, ich denke die beiden möchten Julie kennenlernen und das ist gut so. Klasse, da müssen wir nicht groß überlegen, was wir machen können. Im Bioladen kauf ich Champagner, der das Highlight zum Jahreswechsel werden soll. Julie ist aufgeregt, bevor wir losgehen, weil das ja fremde Leute für sie sind. Es riecht nach Rosmarin als wir das Haus betreten und herzlich empfangen werden. Der Tisch in der Stube ist gedeckt und wir quatschen, wie das halt so ist, ein wenig dies und das. "Was wollt ihr trinken?", fragt Herill. Julie fragt was es denn gibt. Es gibt fast alles: Bier, Rot- und Weißwein, Wodka, Whisky etc. Julie fragt dann nach einem bestimmten Rotwein, einem Spätburgunder.

Den hat er leider nicht, aber was ähnliches. Sie nimmt den Ähnlichen.

Das Essen ist schon fertig und wird aufgetischt. Hühnerbrust mit Rosmarinkartoffeln und Gemüse, wie sich herausstellt sehr lecker. Herills Frau fragt Julie aus und ich rede mit ihm über Musik. Ich stelle fest, dass Julie der Wein nicht schmeckt, sie trinkt fast nichts. Die beiden uns Gegenübersitzenden merken nicht, dass wir uns ständig befummeln und am liebsten gleich Sex machen würden. Weil das so ist, nehme ich mir vor höchstens zwei Bier zu trinken und ein Gläschen Schampus um Mitternacht. Unsere Gastgeber haben inzwischen eine Flasche Weißwein intus und werden immer lockerer. Julie und ich sind die Partybremsen und lassen uns nicht zum mehr Trinken überreden. Herill und Frau sind etwas verdutzt, aber akzeptieren unsere Enthaltsamkeit. Feierlich öffne ich den Champagner kurz vor Zwölf und schenke ein. Dieser edle Tropfen ist vom Feinsten, ich habe ihn schon öfter mit Begeisterung genossen und schwärme vor dem Anstoßen davon. Silvester, Juhuu, wir stoßen an und dann beginnt das neue Jahr mit einer schrecklichen Geschmacksexplosion. Der Schampus ist ungenießbar. Vom Geschmack ähnelt er einer vom Regen gut verdünnten Kloake. "Das kann doch nicht sein und dann auch noch Silvester, so eine Scheiße!", sage ich in mich rein. Jetzt muss eine Flasche Sekt, den ich nicht gut vertrage, den Schampus ersetzen. So beginnt das Jahr 2017 mit einer Enttäuschung. Diese wird allerdings, später in meinem Bett, das inzwischen vergrößert wurde, in ein erotisches Feuerwerk umgewandelt. Ich dachte schon, wir werden nie wieder Sex haben!

Weil dieses Hotel und das Personal, wenn man das so nennen darf, die meisten sitzen nämlich nur rum und rauchen, Julie ankotzen, kündigt sie am dritten Januar. Da sie noch keinen Arbeitsvertrag in der Tasche hat, was sehr ungewöhnlich ist, geht das ohne lange Kündigungsfrist. Eine Woche bleibt sie noch in dem, wie ich vermute, Geldwäscheschuppen, dann ist Ende im Gelände. Jetzt wird es brenzlig, denn sie muss Geld verdienen und eine Wohnung braucht sie auch. In der Zeitung finden wir dann recht schnell einige Angebote vom Wohnungsmarkt, die passend erscheinen und telefonieren sie ab, um Termine für die Besichtigungen zu vereinbaren. Julie fragt mich natürlich nochmal, ob sie bei mir wohnen darf, aber ich will das noch nicht. Die erste Wohnung, die wir besichtigen, ist Schrott. Die zweite Wohnung ist genau das, was wir suchen: Hochparterre, drei Zimmer, mit Balkon und sauber. Der Vermieter und Besitzer des Objektes ist ein netter Rentner, der fragt, ob Julie meine Tochter ist. "Wir sind ein Paar", sage ich ihm. Er schaut verdutzt drein, bleibt aber sehr nett. Dann sagt er mir, nachdem wir uns ein wenig unterhalten haben, dass ich ihm gefalle und er die Wohnung lieber uns als dem anderen Bewerber vermieten möchte. Der vertraut mir! Dieses Kompliment veranlasst mich dazu, den Mietpreis runter zu handeln. Fünfzig Euro geht er runter, den Papierkram machen wir morgen und die Wohnung steht danach sofort zur Verfügung. Wieder organisiere ich zwei Helfer und einen Leihwagen. In diesem Fall sind es Herill und der Bassschüler vom letzten Umzug und ein VW-Bus.

Am Nachmittag des Umzugs, es ist schon dunkel, will Julie bei der ersten Tour zur neuen Wohnung in Herrills BMW und nicht mit mir im Bus mitfahren, was ich gar nicht witzig finde. Eifersucht! Mein Befehl lautet: "Du fährst bei mir mit", was sie dann auch tut. Nachdem ich sie gefragt habe, warum sie mit ihm fahren wollte, sagt sie: "Der hat so lustige Augen." "Na Klasse, das geht ja gut los!", denke ich. Mir ist schon vorher aufgefallen, dass die beiden sich bestens verstehen, denn geschleppt haben sie meistens zusammen und dabei lustig gequatscht. Drei Touren werden gefahren, bis das Zimmer und der Keller leergeräumt sind. Wir verabschieden die zwei Helfer und bauen als erstes die Schlafcouch in der neuen Wohnung auf. Vom Wohnzimmer, in dem die Schlafcouch nun steht und dem Balkon, sieht man auf einen sehr alten Friedhof. Die meisten Grabsteine stehen schief, einige sind umgestürzt und riesige Buchen geben den Toten Schatten. Eine von den Buchen streckt unzählige Äste, wie die Tentakel eines Oktopusses, nach den größeren Nachbarbäumen aus. Sie will diese umschlingen und zu Boden reißen, um mehr Licht zu bekommen. Unter diesem Buchengebilde befinden sich Familiengräber aus dem siebzehnten Jahrhundert und auch noch ältere, die fast wie Bunker aussehen. Ein Soldat kommt direkt auf uns zu. "Kannst du den sehen?", frag ich Julie "Ja, das ist ja richtig gruselig, das gefällt mir!", sagt sie, gibt mir einen Kuss und springt im Zimmer umher, bis sie mit einem Satz rückwärts auf dem Bett landet. Ich ziehe ihr die Socken aus und küsse ihre Füße. Nach einer kurzen Genußphase beginnen wir, sie die Küche und ich das Bad, zu putzen, dann gehen wir schlafen. Der Soldat muss mit einer Kerze demnächst in Szene gesetzt werden, denke ich am Morgen. Die Hecke vom Friedhof ist keine drei Meter vom Haus entfernt. Geradeaus, hinter der Totenansammlung, ist eine der Hauptstraßen Fischtowns. Der Bahnhof Lehe ist ganz in der Nähe. Von der Küche und dem kleinen Zimmer, das momentan als Lager dient, sieht man in einen Hof, der mit seinen Bäumen und Rasenflächen einladend wirkt. Ein paar Wäscheleinen zerteilen den Wind. Die Blaumeisen suchen Futter. Keine Hundekacke ist zu sehen-kein Hund und kein Mensch. Die erste Miete zahle ich. Julie ist total pleite und den Lohn vom Geldwäschehotel hat sie noch nicht bekommen. Die Suche nach einem neuen Job gestaltet sich zähflüssig und zieht sich gut einen Monat hin. In diesem Monat wird es anstrengend mit ihr, denn sie hat viel Zeit-und ich nicht. Sie erwartet von mir, dass ich ihre Wohnung auf Vordermann bringe, Ideen habe, Sachen organisiere und installiere. Am normalsten fände sie, wenn ich alles Geld und alle Zeit für sie investieren würde. Das tue ich aber nicht. In der Ecke über der Schlafcoch hat sie ein beeindruckendes Bild mit einem Schwamm gemalt. Es ist wieder so, dass sie die Ecken, diesmal mit diesem riesigen Gebilde aus Blättern und Blüten, verschwinden lässt. Ja sogar die Zimmerdecke ist mit einbezogen. Das Kunstwerk ist genial. Der Schwung jeder Linie, deren Verlauf und die Farben sind perfekt aufeinander abgestimmt. Zwei, drei Notenschlüssel sind im Bild integriert und ich bin neidisch, weil ich diese nie so präzise zeichnen könnte. Das Werk füllt den ganzen Raum mit positiver Energie. Das will ich auch haben! Dort, wo die Blütenblätter auf Höhe der Schlafcouch enden, hat Julie meinen Namen geschrieben, als wenn ich das Bild gemalt hätte. Später sagt sie mir, dass sie das Bild nur gemalt hat, um mir zu zeigen, was sie kann. Die Pinsel, die Tasse und der Teller auf dem sie die Farben gemischt hat, werden nicht gesäubert. Das sind ja auch Kunstwerke! So wunderbar wie sie malt, kann sie auch mit ihrer Gesangsstimme umgehen. Eine Stimme, die Bilder singt. Eine Intonierung, die mich zittern lässt. Eine Klangfarbe weich wie Watte aus Seide. Leider traut sie sich nicht in meiner Gegenwart laut zu singen. Ich fordere Julie des Öfteren dazu auf und sage ihr, was für ein Gesangstalent in ihr steckt. Sie traut sich nicht und glaubt mir nicht. Nur um ihr Komplimente zu machen, würde ich niemals sagen, dass sie gut singt. Das ist nicht meine Art. Wenn es um Musik geht, bin ich ehrlich. Auch wenn es manchen Schülern wehtun könnte, sage ich, womit ich nicht zufrieden bin. Meistens wissen sie das auch und es wird gemeinsam nach Lösungen gesucht, um Zufriedenheit zu erlangen. Lob kommt immer vor der Kritik, damit mein Gegenüber eine Weile Stolz ist. Ein gesunder Ausgleich zwischen Lob und Kritik ist wichtig, um effektiv zu lehren. In einer Beziehung ist es mit der Kritik schon gefährlicher, besonders wenn man sehr sensibel ist. Und Lob? Geht es um Julies Schönheit, ist sie dankbar und braucht das auch in gewissen Abständen. Gehts um den Job oder das Malen und sonstige kreative Dinge, ist sie auch für Lob empfänglich. Aber mit dem Gesang? Ich rieche förmlich meine Traumsängerin Julie. Sie kann nicht ganz locker sein vor mir, sagt sie. Alleine, im Wald würde sie gerne laut singen, hat es aber noch nie probiert. Egal was passiert, ich werde drängeln, bis sie auf der Bühne steht.

Abends bin ich oft bei Julie, womit sie nicht zufrieden ist, denn sie will mich am liebsten immer da haben. Problem an der Sache ist, dass ich mich langweile bei ihr. Wir unternehmen fast nichts. Meine Vorschläge was zu starten werden meistens abgelehnt. "Ich habe keine Lust", sagt sie dann. Ich traue mich kaum noch Vorschläge zu machen, weil diese ablehnende Haltung mir wehtut. Sex gibt es, wenn sie Lust hat. Wenn ich will, und das ist sehr oft, macht sie mich kurz heiß und das war es dann. Genießen, kuscheln, küssen, lecken und zur Krönung ficken bis es kommt, das brauch ich öfter. Aber nicht doch, im Grunde genommen gibt sie mir so viel Energie und Liebe, dass ich mehr als siebzig Prozent glücklich bin. Heute Abend werde ich eine Kerze bei dem Soldaten auf dem Friedhof platzieren. So eine Trauerkerze in rotem Plastik, wegen des Windes. Julie kommt nicht mit, also gehe ich alleine. Als ich mich dem

Soldaten nähere, verwandelt sich die Gestalt in eine sanfte Maria mit dem Söhnlein im Arm. Das ist ja irre! Aus der Ferne ein agressiver Kämpfer und jetzt ist heile Welt angesagt! Die Kerze stelle ich dem Söhnlein Jesus auf den Oberschenkel, weil von dort auch das Gesicht Marias beleuchtet ist, das soll von Weitem ja gruselig aussehen! Aus dem Fenster schaut Julie mir zu und winkt nicht. Ich gehe schnell zurück in die Wohnung, um mir das Schauspiel anzusehn. Sieht richtig gut aus das Ganze, ich bin zufrieden und lege mich auf das Bett. Der Fernseher läuft, ich weiß nicht warum. "Damit ich mich nicht so alleine fühle", sagt Julie. "Aber ich bin doch da", sage ich. "Ja, aber das mach ich halt immer so", sagt sie. Als ich mit Maria verheiratet war, haben wir nach circa drei Jahren angefangen uns abends Filme anzuschauen. Das war der Anfang vom Ende. Die Gespräche verebbten und der Sex wurde immer weniger. Sprachlos nebeneinander liegen, so ist das jetzt auch schon mit Julie. Viel zu früh schleicht sich ein Alltag ein, wie ich ihn von vielen Paaren, eingeschlossen meiner Eltern damals, kenne. Ich sehne mich nach Kommunikation, nach Aktionen wie Musik machen oder ausgehen am Abend. Tanzen gehen, Julie tanzt doch gerne. Raus in die Natur, das liebt sie doch. Im Thermalbad: Ein goldener Badeanzug, verführerisch geschnitten. Eine Figur zum verrückt werden. Die hochgesteckten Haare legen den Hals frei. Die Bewegungen ihres Körpers als wir die Badelandschaft betreten sind der Himmel. Das Wasser ist lauwarm, ich bin schon drinne. Julie zögert und hält nur den Fuß hinein. "Oh ist das kalt", sagt sie. "Komm rein, beweg dich, dann wird dir gleich warm." In der Hocke sitzt sie auf den Stufen, die in das Wasser führen und hält den Fuß nochmal prüfend rein. "Das ist zu kalt", jammert sie. Wie ein kleines Kind schmollt Julie rum. "Das kann doch nicht wahr sein", flüstere ich mich an. "Was hat die denn für Probleme, war die noch nie schwimmen?" Etwas genervt steige ich die Stufen empor und beschwere mich nicht. "Da ist bestimmt noch ein wärmeres Becken, Liebling, komm!" Wir betreten ein Becken in dem man, durch eine Kunststoffschranke, wie sie beim Metzger im Kühlbereich benutzt wird, nach draußen schwimmen kann. Das Wasser ist gut vierzig Grad warm und Julie ist zufrieden. Wir liebkosen uns im Wasser, berühren uns an den Intimbereichen und achten darauf, dass uns niemand beobachtet. Dann schwimmen wir durch die Schranke raus ins Freie und das Wasser dampft wie in einer Thermalquelle. Julie sieht jetzt noch schöner aus oder das was von ihr zu sehen ist. Haare, Gesicht und Hals, ein Traum im Nebel, der wahr ist. Auf der Rückfahrt fragt sie, "Fickst du mich, wenn wir zu Hause sind?", "Na klar!" sage ich und denke, dass die Frage etwas romantischer hätte sein können. So, nun geht es gleich los mit dem Vergnügen! Nein, es geht nicht los, aber ich bin heiß wie Otter. Julie macht dies und das und ich lieg hier auf dem Bett, wie bestellt und nicht abgeholt. Andere würden jetzt, um die Zeit zu nutzen, auf dem Smartphone rumhantieren. Da mich das aber eher stresst, liege ich einfach nur da und genieße die Anwesenheit meiner Göttin. Da huscht was Buntes in der Hecke vor dem Fenster herum. Ich stehe auf und geh auf den Balkon um zu gucken, was das war. Da ist es, ein Wintergoldhähnchen, mein Lieblingstier, mein Lieblingsvogel! Hier mitten in der Stadt lebt dieses zarte Wesen? Wie kann das angehen, dass genau vor Julies Balkon mein Lieblingsvogel sein Futter sucht? Ich habe den erst einmal live gesehen, er ist hier selten in der Gegend. Nicht einmal mein verstorbener Vater hatte ihn erwähnt, weil er ihn wohl niemals gesehen hat. Papa war ein Vogelkenner, aber den süßen Vogel sah er nie, denke ich. Das ist irgendwie mysteriös, das Goldhähnchen hier anzutreffen. Hat das was zu bedeuten? "Und schau, da kommt das Weibchen auch noch dazu, wie schön", sage ich leise zu Julie, als sie den Balkon betritt.

Im fast leeren zweiten Zimmer setze ich mich, nach Julies Aufforderung, auf einen Stuhl und sie setzt sich wackelnd auf mich. Sie beginnt sich auf und ab zu bewegen, ich drehe fast durch, es ist der Hammer. Mein Blick ist auf ihren Po gerichtet, meine Hand klatscht mit Wucht darauf. Bevor ich komme, greif ich ihre Hüften und nehm sie von mir runter, weil wir nicht verhüten. "Wieso machst du mir kein Kind?", fragt Julie. Ich anworte nicht, weil ich sie nicht verletzen will. Vertrauen ist das Wichtigste in einer Beziehung und ich vertraue ihr nicht, noch nicht. Obwohl sie hier zu mir in den Norden umgesiedelt ist, habe ich Angst, verlassen zu werden. Wenn Julie von was begeistert ist, will sie es haben und nimmt es sich, ohne Rücksicht auf andere, glaube ich. Soll heißen, wenn der Megamann erscheint, ist sie weg. Hat sie dann ein Kind von mir, könnte es die Hölle für mich werden. Also abwarten was kommt. Ich muss mehr Vertrauen in sie haben, volles Vertrauen. Gibt es das? Ja, bei Maria war es so! Da Julie pleite ist, überweise ich ihr achthundert Euro, was sie kaum fassen kann. Sie freut sich und will mir das Geld aber wiedergeben, wenn sie kann. Das lehne ich ab, obwohl mir Geizkragen die Schenkung wehtut. Einen Monat dauert es, bis Julie einen Job in einem Modeladen mit Klamotten für die jungen Leute von heute findet. Sowas hat sie noch nie gemacht, aber es macht ihr Spaß.

Die Wochen vergehen, es passiert nicht viel Neues. Ich hole sie oft von der Arbeit ab und sie freut sich dann. Wir gehen danach in den Supermarkt am Zolltor einkaufen und fahren dann zu ihr. Einmal, an der Kasse des Marktes, sage ich, dass ich heute zuhause schlafen will, weil ich noch zu tun habe. Es trifft sie wie ein Schlag, aber sie sagt nichts dazu. Und einmal, als ich sie von der Arbeit abhole, kommt sie von Weitem auf mich zu und freut sich nicht. Das erste Mal freut sie sich nicht über mein Dasein. Es trifft mich wie ein Schlag. Wir reden zu wenig, sitzen meistens schweigend im Auto, wenn ich sie abhole. Sie will den Sonnenuntergang am Meer, den man zwei Minuten entfernt von dem Modeladen bestaunen kann, nicht sehen, sagt nur, "Ich will heim, bin kaputt von der Arbeit." Ich dachte, wir sehen uns das an, nehmen uns in die Arme und genießen den Ausblick. Der Sex mit Julie ist immer noch vom Feinsten. Sie hat es drauf, mich in den Wahnsinn zu treiben. Ich bekomme einfach nicht genug von ihr und für mich ist es immer wunderschön. Es gäbe zwar ein Paar Dinge, die sie noch mit mir oder für mich anstellen könnte, aber wenn sie nicht mag, ist das auch ok. Ostern sind wir bei Mama um siebzehn Uhr zum Essen eingeladen, meine Schwester ist auch da. Im Bett liegend warte ich auf Julie, sie ist im Bad und ich darf nicht reinkommen. Es ist halb vier und ich denke, sie macht sich ganz normal fertig, um dann mit mir zu Mama zum Essen zu fahren. Es dauert und dauert, ich bin geduldig und lese in einem Büchlein. Völlig versunken in dem Roman von Olaf S. bemerke ich nicht, wie Julie in das Zimmer schleicht. Sie steht auf einmal vor dem Fenster und räkelt sich, die eine Hand am Stamm der Ficus soundso Pflanze, erotisch vor dem Fenster, hinter dem der Friedhof zu sehen ist. Wie eine Tänzerin aus dem Moulin Rouge ist sie gekleidet und geschminkt. Hüfthalter, Strapsen, Netzsrümpe, Korsette und ein passend scharfes Höschen plus BH. Die Haare sind kunstvoll hochgesteckt. Sie denkt jetzt wahrscheinlich, mich haut das total vom Hocker. Eigentlich weiß Julie, dass ich mehr auf schlichte, sportliche Wäsche stehe und so ein Verkleidungsgehabe unnötig ist. So hübsch wie sie von Kopf bis Fuß ist, braucht es keine Schnickschnackwäsche um meine Aufmerksamkeit zu erlangen. Scheinbar macht sie sich selber heiß mit dem Outfit. Weil ich ja ein lieber Junge bin, sage ich ihr, wie toll sie aussieht, was aber nicht ganz überzeugend klingt. In einer Dreiviertelstunde müssen wir los und deswegen verstehe ich nicht, warum Julie genau jetzt so eine Anmachnummer veranstaltet. Unentspannt versuch ich mein Bestes zu geben, aber es klappt bei diesem Zeitdruck nicht. Julie merkt das und ich wiederum spüre das. Schlaff wie ein Schlauch ohne Wasserdruck hängt mein Teil da und sie macht es sich selber. Das wirkt etwas ekelhaft! Als sie fertig ist, huscht sie stinksauer ins Bad und baut sich wieder um. Die Stimmung ist ganz unten, als wir mit dem Auto auf dem Wege zu Mama sind. "Sowas mach ich nie wieder für dich", sagt sie. Beim Essen verhalten wir uns, als wenn nichts gewesen wäre. Danach, auf dem Weg in Julies Wohnung, gibt sie mir durch ihr Verhalten nochmal zu verstehen, dass sie stinksauer ist. Das bringt mich zum Glühen, es war doch ihre Scheiß-Idee in einem Mini-Zeitfenster eine Aktion zu starten, für die man viel mehr Zeit benötigt. Am Tag darauf zeige ich Julie den kürzesten Weg zu ihrem neuen Arbeitsplatz. Kaum auf der Straße, streiten wir uns kurz wie Asoziale. Danach laufen wir gut eine Stunde durch die Stadt und ich sage kein Wort. Ich bin sauer, weil sie mir das Gefühl gibt, ich sei Schuld an der gescheiterten Sexaktion. Fucking bullshit! Nachdem die Unstimmigkeiten verflogen sind, machen wir weiter wie vorher. Die Mama von Julie will zu unseren Geburtstagen im Mai zu Besuch nach Fischtown kommen. Julie hat einen Tag vor mir Geburtstag. Zwei Stiere treffen aufeinander! Als ich das erfahre, beginne ich bei mir zuhause ein richtiges Bett aus Holz zu bauen, denn die Mutter soll ja gemütlich schlafen können. Auf Julies Schlafcouch zu zweit wäre das nicht so komfortabel für sie und außerdem kann die Mutter dann in Ruhe das zweite

Zimmer mit dem neuen Bett nutzen. Ich mach mir einen Plan, denn ich habe noch nie ein Bett gebaut und weiß nur das es groß, stabil und günstig werden soll. Ein Ehebett soll es werden, ein Bett in dem Julie und ich vor und nach dem Besuch ihrer Mutter Spaß haben können und schlafen werden. Nach einer Woche ist das Bett fertig und ich bin stolz, alles ist so, wie ich es mir vorgestellt habe. Ein paar Tage vor unseren Geburtstagen bauen Julie und ich das Bett in ihrer Wohnung zusammen und testen es auf Herz und Nieren. Der Test ist bestanden, das Teil ist superstabil und die neuen Matratzen sind Klasse. Jetzt haben wir ein Schlafzimmer. Julies Mutter sagt den Besuch ab, warum weiß ich nicht. Wir feiern, wenn man das so nennen kann, erst in Julies Geburtstag rein und den Abend darauf in meinen. In dieser Nacht erwache ich irgendwann und stelle fest, dass Julie weg ist. Ich bin verwirrt und fühl mich verlassen. Nachdem ich sie am Morgen gefragt habe, warum sie nebenan auf der Schlafcouch gepennt hat, sagt sie: "Du hast geschnarcht und ich hab meine Ohrenstöpsel nicht gefunden". Bemühungen, diese Stöpsel für die folgenden Nächte zu finden, macht sie nicht, was mich wundert. Scheinbar hat sie genug davon, mit mir in einem Bett zu schlafen. Das tut weh! Wir haben keine zehn Nächte zusammen in dem Bett geschlafen und das soll es jetzt gewesen sein? Sie wartet die nächsten Male noch bis ich einschlafe und dann geht sie rüber. Ich versuch jetzt oft solange wie möglich wach zu bleiben, damit sie vorher einschläft, aber es klappt nicht. Das Geborgenfühlen ist vorbei. Zwei Wochen nach den Geburtstagen fährt Julie für eine Woche zur Mama nach Freiburg. Jeden Tag schreiben wir uns, nicht oft aber so, dass die Liebe zu spüren ist. Abends gibts immer eine Gute-Nacht-Nachricht mit Küsschen oder sowas in der Art. Am letzten Abend ihres Aufenthaltes bekomme ich nicht wie gewohnt meinen Gute-Nacht-Gruß. Was ist da los? Warum reagiert sie jetzt nicht mehr auf meine Nachrichten? Vorher schrieb sie noch, dass sie ins Solarium geht und dann mit ihrer Schwester was macht. Warum meldet sie sich dann nicht mehr? Am Bahnhof Lehe warte ich am daraufolgenden Tag auf Julie. Aus dem Zug schrieb sie mir, dass die Fahrt heut besonders schnell geht und ich konnte anhand ihrer Nachrichten riechen, dass sie mit jemand anderem kommunizierte. Was ist da letzte Nacht gelaufen? Der Bahnsteig ist wie immer fast menschenleer als der Zug einrollt. Julie steigt aus. Sie sieht fantastisch aus in ihrer weiten Leinenhose an der sich nur der Po reibt. Sie kommt auf mich zu, schaut wie nie zuvor und gibt mir einen Kuss, der mir sagt: "Ich küss dich nicht gerne", das hat gesessen! Mit einem zufriedenen Lächeln auf den Lippen schwebt sie auf den dreihundert Metern Heimweg glücklich neben mir wie ein Engel. Jetzt bin ich stutzig und fange gleich an danach zu bohren, was letzte Nacht passiert ist. Sie erzählt von Sonnenstudio und Schwester und dass sie dann noch unterwegs waren. Glauben tue ich das nicht und bohre weiter, aber sie sagt nichts mehr. Langsam schlägt Julies Stimmung in ein genervt-von-mir-sein um. Mein Bohren quält sie immer mehr und als wir dann in ihrer Wohnung auf dem Balkon eine rauchen gehen, sagt sie es: "Ich habe mich gestern mit einem Anderen getroffen, ich brauchte mal wieder dieses Herzklopfengefühl." "Habt ihr Sex gehabt?", frage ich. "Nein, wir haben uns vor der Haustür geküsst, als er mich zur Mama brachte, nachdem wir in einer Bar lange geredet haben. Wir haben uns gleich so gut verstanden. Eigentlich wollte ich mit einem anderen flirten, aber der hatte keine Zeit. Also hab ich mich mit einem Arbeitskollegen meiner Mutter getroffen. Ich hab den bei ihr auf der Arbeit mal gesehen und fand ihn ganz ansprechend". "Willst du mich verlassen?", frage ich. "Ja", flüstert sie und senkt den Kopf. "Ok", sage ich leise. Ein Tag später baue ich das Bett bei ihr ab und sie heult plötzlich wie ein Schlosshund.

Hallo Julie,

ich gebe Dir diese Dinge zurück. Ich habe mich sehr darüber gefreut, aber weiß, dass sie mir wehtun werden, wenn ich sie sehe oder trage-und wegwerfen kann ich sie nicht. Die Holzschachtel und das Puzzle behalte ich, weil sie eine Erinnerung an Dein liebes Wesen und unsere Liebe sein sollen. Die Holzschachtel ist so schön! Julie,ich bin so traurig, kraftlos und weine, obwohl ich ja schon in Freiburg, als ich Dich verlassen habe, wusste, dass unser Lebensstil in vielen Bereichen zu unterschiedlich ist. Ich hätte da hart bleiben müssen, aber Du hast mir so leid getan, hast mir vermittelt wie sehr Du mich willst und so kam ich zu Dir zurück um Dein Leiden zu stillen. Mein Leiden habe ich damit natürlich auch gestillt, denn mein Herz wollte Dich wiederhaben, der Verstand wurde komplett verdrängt. Ich, oder wir, wollten, dass wir es nochmal versuchen und daraus ist dann ja auch etwas geworden. Du bist nach Fischtown gekommen, Wahnsinn, was für eine dicke und fette Liebeserklärung. Ich hatte von Beginn an Zweifel Deine Bedürfnisse befriedigen zu können und war dadurch nicht richtig frei und ehrlich. Ich habe mir Mühe gegeben, aber auch an mich gedacht und mich Dir nicht voll hingegeben. Aus Vorsicht, weil ich fühlte, wenn Dir einer über den Weg läuft, der Dir richtig gut und besser gefällt, bist du weg. (Wie Dein Essverhalten!!??) Ich war ein Abenteuer für Dich und hoffe, dass ich Dir einige positive Impulse für die Zukunft geben konnte. Du bist, warst für mich das schönste Geschenk auf Erden in einer schweren Zeit, in der ich mich so sehr nach Liebe sehnte. Julie, da ist was an Dir, neben Deinem schönen Körper, den Talenten, Deiner Geduld, Fröhlichkeit, Einfühlsamkeit und Direktheit, was mich völlig fasziniert. Ich kann es nicht beschreiben, aber es ist sehr, sehr stark. Ich werde Dich immer lieben und Du hast ein schönen und großen Platz in meinem Herzen...Julie

Eine Woche nachdem ich Julie den Abschiedsbrief gab, wurde sie von ihrem neuen Lover, bei dem sie dann auch gleich eingezogen ist, abgeholt. Arm in Arm sah ich das Paar neben dem Kleintransporter stehen und lief an ihnen vorbei. Der neue Typ und ich haben uns dabei kurz in die Augen gesehen und ich dachte, der sieht ja ganz nett aus. Julie hat mich nicht bemerkt, denn sie stand dort mit dem Rücken zu mir. Der Grund meiner Anwesenheit war die Wohnungsübergabe, die am gleichen Vormittag stattfand. Ich hatte mich bereit erklärt das zu übernehmen. Der Vermieter war etwas sauer, weil im Keller noch ein Stuhl und ein klapperiges Bügelbrett standen. Bevor das alles über die Bühne ging, gab es noch Stress wegen zweihundertfünfzig Euro, die dem Vermieter zustanden. Julie hatte dem eine Zahlungsweise angedreht, die kein Mensch verstand. "Das kannst du nicht machen, die sind so nett zu uns gewesen und jetzt verhältst du dich unmöglich, das ist echt ne fiese Nummer", sagte ich ihr. Das Argument Julies: "Ich brauch das Geld für den Leihwagen und deswegen hat der gefälligst auf sein Geld zu warten." Um mein Gewissen zu beruhigen, zahlte ich den Betrag dann so schnell wie möglich. Den Abend bevor sie abgeholt wurde, war ich noch bei ihr und da ist mir der Kragen geplatzt, was eigentlich nicht passieren sollte. Zwei Wochen war ich nett, habe ihr geholfen und wollte ihr den Abschied so angenehm wie möglich machen. Aber dann brach der Damm, der meinen Schmerz und die Rachegefühle in Schach hielt: "Du bist langweilig und nur zum Ficken zu gebrauchen!" Das traf sie knallhart.

Zwei Wochen später sende ich per Post meine bisherigen Gedanken an die Adresse von Julies Mutter, die auch in Freiburg wohnt. Ich kenn Julies Adresse nicht:

Wenn Du Zeit und Lust hast, lies diesen Brief!

Liebe Julie, wir sind gerade mit der Band auf der Autobahn Richtung Solingen und ich kann nicht anders, als ständig an Dich zu denken. Ja, mir geht es eigentlich gut. Ich habe nicht versucht, Dich zu hindern mich zu verlassen, habe nicht gefleht und gebettelt "bleib bei mir!" und wollte Dir das Gehen so angenehm wie möglich machen, denn Du hast mir soviel Schönes gegeben. Leider war es an dem Tag vor Deiner Abfahrt zu viel für Benno, er konnte seine Wut nicht für sich behalten und wurde schwach. Meine Probe war ausgefallen und ich hatte auf einmal Zeit. Ich war aber vorher froh, keine Zeit zu haben, weil ich durch die Probe gut abgelenkt gewesen wäre. Aus dem Bauch heraus habe ich mich dann entschieden, doch nochmal zu Dir zu fahren, ich wollte Dich nochmal erleben. Hätte ich nicht machen sollen, oder doch? Musste es so kommen, wie Du es schon vorher wolltest, dass Benno böse

wird und dich beleidigt, damit es Dir (und ihm!) leichter fällt?
Sollte wohl so sein! Ich ärgere mich sehr über meine Schwäche,
das war nicht nötig. Julie, singe, tanze, springe, male und
befrei Dich von Deiner, ich sag mal vorsichtig, Bremse, Du
weißt, was ich meine! Von Deinem Gesangstalent bin ich fest
überzeugt, warte nicht lange, bitte! Such Dir mehrere
Lehrerinnen bei denen Du Probestunden nimmst, umsonst
natürlich, in Freiburg gibt es bestimmt sehr viel davon. Mach
es. Mach es. Mach es. Mach es. Mach es! Ich kenne Dich jetzt
ein wenig und bin dankbar dafür. Du bist interessant, Julie und
ich möchte ein wenig als Freund mit Dir in Kontakt bleiben.
Hast Du Fragen im Bezug auf Musik, Kochen etc., irgendwas
anderes oder einfach nur reden, ich bin für Dich da. Deine
Ratschläge an mich habe ich auch fest in meinem Kopf
verankert und ich weiß, sie werden mir helfen und mich
weiterbringen. Morgen fahren wir nach Mainz.

Nun fahren wir gerade am Rhein entlang, es sieht hier aus wie
bei Euch in Freiburg. Schöne Weinberge, eine Bergkette im
Hintergrund, grünliches Wasser und träumerische Uferkanten.
Musste grad daran denken, wie Du mir am See mein Teil...
hast. Ich bin süchtig, süchtig nach Deinem Wesen, Baby und
auf Entzug. Es fällt mir schwerer als ich dachte von Dir

wegzukommen. Wir waren gestern 270 km nördlich von Freiburg. Übrigens, die Frau von Tom, dem Keyboarder, ist auch wieder aus dem Norden nach Freiburg umgezogen, ist doch komisch, gell? Hey, eventuell interessiert Dich gar nicht mehr, was ich so von mir gebe, aber ich mach einfach weiter. Du hast bestimmt viel zu tun, zu organisieren und Dich zu orientieren, bewegst Deinen Körper zu Fuß oder auf dem Rad durch die warme Stadt. An was denkst Du wohl dabei? Du fragst Dich vielleicht, wenn Du dieses liest, "was will der Benno denn noch, wir haben doch nur eine Sexbeziehung gehabt, ist der krank oder was?". Na ja, Du sagtest ja auch, es war ne große Sache mit Benno. "Julie, Du hattest oft Angst um mich, wenn ich mit der Musik unterwegs war, dachtest ich nutzte jede Gelegenheit mich zu beglücken, das war bestimmt quälend. Ich habe sowas nie gemacht."

Das Schreiben macht Spaß und tut gut. Obwohl es um Dich geht, lenkt es mich von den immer gleichen Gedankengängen, ich vermisse Dich, was war hier, was war da, ab. Ich weiß, dass meine Entzugserscheinungen bald abklingen werden. Wie lang dauert es wohl? Wird da eine andere Frau helfen müssen? Wahrscheinlich geht es nicht anders, aber ob`s dann wirklich hilft? Nur wenn ich mich verliebe oder erstmal verknalle. Wer wird es sein? Ich bin so verwöhnt von Deiner Erscheinung, es wird nicht einfach. Ich Vollspacken such mir halt zu junge Damen aus und sowas kann wohl nicht lange gutgehen. Ich muss lernen, mich nicht zu verlieben, sondern einfach ein paarmal Spaß zu haben und mich dann vom Acker zu machen. Aber es wird nix denke ich, ich verlieb mich viel zu schnell. Oder ist das keine Liebe, was da in mir vorgeht? Warst Du ein Spielzeug für mich? "Benno, achte nicht nur auf visuelle Äußerlichkeiten". "Ja, aber das gehört dazu, ich will halt erregt werden!" "Es wird nicht lange dauern und eine wunderbare Frau wird deinen Körper und deine Seele einnehmen, Benno."

15:30 fast daheim

Es ist auch hier im Norden sehr warm. Der goldene Badeanzug, Du trägst ihn vielleicht jetzt und bist an einem See. So ein Wahnsinnskörper, Baby, ich seh Deinen Schritt, guck da hin, es erregt mich jetzt und hier. Die Sucht ahh.... ich durfte.... will das wiederhaben. Ich mach mich wild mit den Gedanken an Dich, bin heiß ohne Ende. Du bist in mir, Du besitzt mich momentan ganz. Ich nehme mir, was ich will, ich denke daran, wie es ist, wie es war. Ein Weltwunder, ein Geschenk, Perfektion, Träume werden wahr. (Ich dreh grad voll ab, gell?) Verwöhnen, Genuß, Haut und Fleisch spüren, warm und feucht, Bewegungen, Stöhnen und Krächzen. Allein, zwei im

Universum schweben unaufhörlich und ineinander verschlungen.

00:15

Hab vor ner Stunde auf der Terrasse gesessen und geweint. Also doch noch! Nun fällt mir nix mehr ein. Doch: Es war alles ein Teil vom Ganzen. Wenn Du nicht möchtest, dass ich Dir schreibe oder so, teil es mir mit. Ahoj Julie

Donnerstag 23:30 Uhr

Julie, ich hab gerade etwas TV geschaut und plötzlich warst du aber voll da. Deine Arme, ich liebe diese feinen und muskulösen Arme. Wahnsinn, Julie, ich war noch nie so verwöhnt, habe noch nie sowas Wunderbares wie dich in den Armen gehabt oder vor mir gesehen. Dein Körper ist unbeschreiblich erotisch. Mir wird gerade klar, was ich für ein Glück hatte, dass du mich auch noch geliebt hast, mich wolltest und hattest. Das gibt mir Kraft. Ich habe dich auf irgendeine unerklärliche Art so unheimlich lieb, unheimlich. Ich sehne mich so dermaßen nach dir und weiß nicht genau warum. Was ist da? Andererseits, weiß ich, dass du wieder heim musstest und auch dableibst. Es war was gar nicht in Ordnung mit Julie und Benno.

Freitag 8 Uhr

Weißt du noch, als ich nach unserem Frankfurt-Treffen zu dir kam? Irgenwie warst du mir da fremd und ich dachte: "Was mach ich denn hier, wer ist denn das, die find ich so toll?". Du kannst sehr unterschiedlich rüberkommen, meistens bist du

`

wunderschön, aber manchmal auch nicht, ich sag mal selten. Ich denke, so zwei oder drei mal fand ich dich nicht schön, also ich meine dein Gesicht.

9 Uhr

Ich möchte eigentlich nur noch schlafen und nicht mehr an dich denken, du gehst einfach nicht aus meinem Kopf. Diese Scheiß-Sucht macht mich fertig. Ich denk daran, wie du mit deinem Typ schmust, dass Ihr euch berührt und du das toll findest, das tut sehr weh.

Sonntag 8:30 Uhr

Hab jetzt die Telefonnummer von einer, bei der ich weiß, dass sie mich Klasse findet, ich finde sie auch ganz passabel. Ich habe sie schonmal geküsst vor einiger Zeit, war gut! Ein Ersatz, um dich auszublenden, ob das wohl geht? Vielleicht verknall ich mich ja, aber irgendwie will ich das auch nicht, es ist zu einfach. Nein, du sollst nicht zurückkommen, ich wollte, dass du gehst. Du warst nicht glücklich, ich will aber, dass du glücklich bist. Darum war es so wie es war, es musste sowas in der Art kommen. Fischtown geht mir auch ziemlich auf den Sack. Du hast Recht, es ist einfach traurig hier, aber mein Haus, die Jobs und meine Mutter halten mich hier fest. Meine Geduld ist momentan fast am Ende, es muss sich bald was ändern. Und immer noch bist du in mir, ich möchte dich zart streicheln. Vor einem Monat kamst du aus Freiburg zurück und jetzt bist du weg für immer! Julie geh bitte singen, wenn du das nicht bald machst, komm ich und treibe dich da hin!

12 Uhr

Erst hast du gemacht, dass ich mich frisch und jung fühle, jetzt ist es umgekehrt, ich bin kurz vorm Aufgeben. Ich tue es natürlich nicht, ich mach weiter.

13 Uhr

Ich traue mich nicht, diese Frau zu kontaktieren, ich habe das Gefühl, dass ich dich dann betrüge.

17 Uhr

Gerade fand ich ein Haar von dir, im Musikzimmer auf dem Teppich. Da sind bestimmt noch mehr! Ich weiß nicht, warum das mit uns bei mir so tief reingeht, es ist wie ein Schock.

20 Uhr

Als du mal gesagt hast, dass du sowieso alleinerziehende Mutter wirst, war ich baff. Wie kommt es zu dieser Aussage, das interessiert mich nun wirklich? Hast du keine Hoffnung, jemanden zu finden, der mit dir auf Dauer klarkommt oder was ist es? Diese Aussage zu hören, war für mich wie: "Hey, auch du Benno hast keine Chance auf eine dauerhafte Beziehung mit mir." Ganz schön heftig! Das sagtest du nicht lange nach Beginn unserer Beziehung.

Dienstag 8:00 Uhr

Ich bin aufgewacht und sofort bist du da! Herzrasen, dieses Gefühl, ich kann verstehen, dass du dich danach gesehnt hast. Es gibt ja alte Paare, wenn die sich in die Augen sehen, haben sie noch dieses Gefühl. Ich kann mir das gar nicht vorstellen, kann mir nicht vorstellen, sowas zu erleben, so lange, aber es wäre sehr schön. Jemanden haben, wo die Liebe so groß ist, für immer, Mensch das wär´s doch. Dieses Kribbeln im Bauch, kennst du das auch, einfach überzuschäumen vor Glück? Das hält bloß meistens nicht lange an, oh wie traurig! Morgen fahr ich nach Berlin zu Pony Records, ich nehme deinen Stein mit. Ich vermisse dich, Liebling.

Wo habe ich denn die Visitenkarte von diesem Musiktypen, den ich auf der Flamencofarm kennen gelernt habe, hingelegt? Ah, da ist sie ja, steht sogar die Adresse drauf, inklusive Stockwerk und Raum, perfekt!

Um mich abzulenken, fahr ich durch die Nacht mit der Bahn zu Pony Records nach Berlin. Ich mag die Stadt nicht besonders, sie ist zu groß, aber da laufen halt so viele Entertainmentfäden zusammen. Bei meinem Patenonkel Hans will ich nicht schlafen, der ist zu alt für Action. Frag ich halt Maxl, den Profidrummer, meinen besten Freund, den ich nur alle drei Jahre mal sehe. Er wohnt schon lange in Berlin und ich bin zu bequem, ihn ab und an zu besuchen. Mit ihm hatte ich die erste Band, da war ich Anfang fünfzehn. Die Antwort von Maxl auf meine Nachricht kommt ruck zuck und der Schlafplatz ist gesichert.

Am Hauptbahnhof, alles Glas und Beton, totales Wirrwarrchaos. Schnell in die U-Bahn und ab nach Schöneberg.

Es ist nicht weit von der Station bis zu Maxl. Nachdem ich meine Sachen bei ihm deponiert habe, mach ich mich sofort auf den Weg zu Pony am Alexanderplatz. Wieder in die U-Bahn! Irgendwie zieht die U-Bahn-Luft das Fett aus den Poren der Haut und füllt sie mit Dreck. Jetzt stehe ich vor dem Gebäude von Pony Records und bin leicht aufgeregt. Der frühe Vogel fängt den Wurm! Uhrzeit: Halb neun am Morgen. In einem Café trink ich was, um mir auf dem Klo die Haare zurechtzulegen. Der Spiegel ist kaputt. Meine rechte Gesichtshälfte sitzt etwas tiefer als die linke, aber alles ok, ich sehe gut aus. Neun Uhr, es kann losgehen, hoffentlich ist der Kerl da. Die große Glastür öffnet sich automatisch. Ich staune nicht schlecht, weil hier in der Lobby alles so modern und luftig ist. Boden und Wände aus beigem Granit. Die Treppe, die scheinbar in den Musikhimmel führt, auch. Gleich rechts eine einladende Chillecke mit Ledersofa und Sesseln. Aber weiter als bis zum Empfangsschalter scheint man, ohne VIP zu sein, nicht zu kommen. Vier Eingangsschranken mit Flügeln aus Glas verhindern ein Eindringen des Proletariates. Am Empfang trage ich mein Anliegen vor und zeige die Visitenkarte von...,wie heißt der eigentlich? Thomas Velti steht da drauf. Die halbnette Dame hinter dem abgeschirmten Tresen telefoniert, nachdem sie die Karte gesichtet hat. Warten und dem Gespräch lauschen. Verstehen tue ich nichts, weil die Frau zu weit weg ist und durch Glasscheiben geschützt wird. Nun kommt sie wieder ans Fenster und sagt: "Der müsste schon da sein und wird heut noch kommen. Soll ich ihm etwas ausrichten?" "Nein!", sage ich,"Ich komm dann etwas später nochmal." Auf dem Alex ist schon Panik in Frankfurt mit Dealern, die einen Schuß zum Frühstück loswerden wollen. Ich dachte die sind alle im Görlitzer Park. Na ja, Stoff wird überall gebraucht! Nochmal geh ich in das Café mit dem kaputten Spiegel und trink einen Cappucino. Eine Nachricht von Julie: "Dein Brief ist angekommen." Die Nachricht ist mit einem Herzchen versehen und lässt mich aufblühen wie eine Blume am Morgen, bloß schneller. "Ich bin auf dem Weg zu Pony", schreib ich ihr. Sie wünscht mir Glück und sendet wieder ein Herz mit. Der Brief sollte sie nicht reanimieren, oder doch, wollte ich das? Raus aus dem Café, eine Selbstgedrehte rauchen, dann umherlaufen, damit der Rauchgeruch wieder verschwindet und danach ein Kaugummi in den Mund, das ist mein Plan. Es kann losgehen, eine halbe Stunde ist um. Kaum draußen aus dem Café, spricht mich ein Rollifahrer an und fragt nach Geld. Überall an den übergebliebenen Teilen seiner Erscheinung, er hat keine Beine, befindet sich frische, dunkle Erde. Wie eine Wühlmaus sieht er aus. Schwach ist seine Stimme und lieb. In meinem

Portemonnaie sind nur Scheine und ich gebe ihm fünf Euro. Er bedankt sich und hebt den Kopf um mich anzusehen. Die Augen sind so klar wie der Nachthimmel in Schweden am Polarkreis. "Deine Augen sehen so klar aus, bist du drauf?", frage ich. "Ja", sagt er."Ist der Stoff gut hier in Berlin?" "Ja, beste Qualität, absolut sauber", sagt er. Wir quatschen ein wenig und rauchen eine. Dabei werden wir von einigen Gästen des Cafés durchs Fenster beobachtet. Dann frage ich:"Hast du keine Unterkunft?" "Nein", sagt er. "Normalerweise steht dir doch eine Unterkunft und Betreuung zu vom Staat oder so?" "Ja ich weiß, aber ich kriege das mit dem Papierkram nicht auf die Reihe." Scheiße, der schläft in Büschen und bewegt sich dort wohl im Liegen mit den Händen vorwärts, darum auch dieses Wühlmausoutfit. Kann ich ihm jetzt helfen? Nein, kann ich nicht. Wir reden noch ein wenig und dann verabschiede ich mich mit einem guten Gefühl. So, jetzt aber mal los, der Thomas Velti müsste so langsam mal eingetrudelt sein. Der Rauchgeruch ist weg und das Kaugummi wird hinter dem Backenzahn deponiert. In der Lobby gehe ich wieder zum Empfangsschalter, frage und daraufhin telefoniert die halbnette Dame wieder. Sie fragt nach meinem Namen, spricht in den Hörer und reicht ihn mir rüber. Der Mann kennt meinen Namen natürlich nicht und ich erkläre ihm den Sachverhalt, woher wir uns kennen und so. Er kann sich erinnern: "Ach ja, der auf der Luftmatratze von der Flamecofarm, komm hoch!" Die halbnette Dame bekommt den Telefonhörer von mir zurück, redet kurz mit Thomas Velti und legt auf. "Das Büro von Herr Velti ist in der dritten Etage. Wenn sich die Fahrstuhltür öffnet, sehen sie direkt auf sein Büro", sagt sie. Die Glasschranke öffnet sich, kurz bevor ich sie erreiche und ich gehe durch. Irre, ich bin drin im Hochsicherheitstrakt von Pony Records. Die Wände des Fahrstuhles sind mit Eichenfurnier ausgestattet und die Decke sowie der Boden sind Spiegel. Der Boden ist dunstig, soll heißen, er ist durch Fußabdrücke etwas matt. Oben und unten erscheinen endlos zu sein. Ich werd hier verrückt, sehe die Wand an und drück die Drei. Eine Psychowäsche vor dem Ziel! Mit Julie hier drinne was zu starten, wäre der Hammer denk ich. Die Tür zieht sich auf und ich sehe das Büro gegenüber. Deren Tür ist offen und kein Mensch zu sehen. Nebenan höre ich Stimmen und gehe dort hin. "Guten Morgen, ich bin Benno, Musiker und Komponist, ich möchte zu Herrn Velti!" Auf einmal steht er neben mir und begrüßt mich mit einem nicht aufgesetztem Grinsen. Wir gehen in sein Büro und er sagt sofort: "Gib mal her den Stick?" In seinem fetten Apple-Teil erscheinen die Dateien sofort und er startet den ersten Song. Er dreht die Lautstärke hoch und lehnt sich zurück. Song zwei, drei, vier ‚fünf, er hört sich alle vom Anfang bis zum Ende an, zieht den Stick raus und verschwindet aus dem Büro. "Komme gleich wieder!", höre ich ihn sagen, als er schon auf dem Flur ist. Ich vermisse Julie. Nach gut einer halben Stunde, ich bin grad in Träumereien versunken, kommt er wieder rein und ich weiß erstmal gar nicht mehr, was abgeht. Er redet sofort los: "Benno, geile Songs, geh mal in den Raum ganz am Ende des Flures. Komm danach nochmal zu mir bitte." Vorbei ist die Traumphase, ich bin voll da und gehe los. "Rechts rum!", sagt er. "Ok!" An den Wänden hängen Bilder von Stars und Sternchen, die alle vom gleichen Fotografen sein müssen. Schwarz-Weiß und voller Leben sind die, echt gut. Neben der Tür am Ende des Flures ist ein Schild, Headshop steht da drauf. Dass ein Major Label so humorvoll ist, wundert mich und bringt mir mehr Selbstsicherheit. Ich klopfe dreimal an die Tür und warte, und warte, und warte. Nichts rührt sich! Dann sehe ich Blödmann die Klingel, drück drauf und zack, die Tür öffnet sich nach oben. Eine Guillotine, Vorsicht! Nachdem ich durchgehe, senkt sich das Fallbeil der Guillotine langsam wieder: "Hallo, ich bin die Claudia, ich find die Songs klasse. Darf ich sie kopieren und dann mastern, nur damit sie lautstärkemäßig angeglichen sind?", fragt sie. "Ja klar, die liegen alle beim Notar im Safe falls ihr sie klauen wollt", sage ich und sie erwidert grinsend: " Schade, ich wollte alles klauen, hi hi. Im Ernst, bevor wir die Songs neu produzieren und das Drumherum planen, muß ich das im Team besprechen. Pass auf, ruf mich in einer Woche an, ich vergess sowas immer, bis bald." Was für eine Frau, uh uh uh, ja, ja come on Baby! "Bis denne!", singe ich ihr zu und warte, bis das Fallbeil oben in der Wand verschwindet. Schnell durch da! Im Büro von Thomas Velti angekommen, steht ein Tee für mich bereit, auf den er mit einer Geste hinweist. "Setz dich", sagt Thomas und ich setze mich. "Hast du das alles selber gemacht?", fragt er. "Ja, außer Song fünf, da ist ein Kollege beteiligt", antworte ich. Er lässt mir im folgenden Gespräch rüberwachsen, dass die Songs Gold wert sein könnten und es gut war ihn aufzusuchen. "Hast du noch mehr davon in Petto?" Ehrlich aber gefährlich antworte ich: "Nein, kann aber, falls wir ins Geschäft kommen, in Kürze mehr Material liefern, Ideen habe ich genug." Er: "Willst du die wirklich selber singen?" Ich: "Ich weiß, ich singe nicht sauber und bin alt, aber irgendwie kann ich mir keine andere Stimme dazu vorstellen und meine darf gern geradegezogen werden." Er: "Ok, mal sehen, was das Team sagt. Äh, ich muß gleich weg hier. Wir sehen uns, hoffe ich, wieder. Hat der Tee geschmeckt?" "Ja, Earl Grey, immer. Also ich geh dann mal, schönen Tag noch", sage ich und verabschiede mich per

Handschlag. Das ging alles so schnell hier, nicht zu fassen! Ich war bei einem von den "Big Three", bei einem der drei größten Major Labels der Welt und die fanden das gut. Was für ein Kick! Julie, Pony Records, ihr macht mich glücklich! Ich will schreien, aber wo? Am Besten an der Spree auf einer Brücke, in den Parks hier würden die Leute was weiß ich denken, wenn ich losschreie. Eine Brücke ist besser, ich springe ja nicht runter! Den nächsten Passanten frage ich nach dem Weg an die Spree. Fünf Minuten später auf der Rathausbrücke, die über die Spree führt, sehe ich mich nach allen Seiten um. Ein paar junge Leute laufen hier rüber, die kommen damit zurecht. So laut ich kann ertönt der Schrei: "Jaaaahhhhhhhh!" Nach einem Blick auf die Spree sehe ich mich um. Einige Menschen schauen noch in meine Richtung und ich lächel. Dann schreibe ich Julie von dem Erlebnis. "Ich habe doch gewusst, du schaffst das!", antwortet sie.

"Ich denk soviel an dich." schreibt Julie mir. Zwei Wochen hat es nur gedauert und Julie schickt Herzen, die leckende Zunge und Blüten. Es geht wieder los, ob das richtig ist? In langen Mails und Handynachrichten vermittelt sie mir, dass sie mich zurückhaben und keinen Sex mehr mit dem Anderen will. Andererseits gibt sie mir zu verstehen, dass ihr jetziger Lover sie mit Liebe umhüllt und sie das von mir auch gerne hätte. Dann wieder schreibt sie vom Eingesperrtsein mit dem Typen und dass er immer zu allem ja sagt, findet sie auch doof. Sie liebt ihn nicht. Sie will raus aus seiner Wohnung, aber das geht halt nicht so schnell. Wenn ich eine längere Zeit nichts mehr von Julie höre, mach ich mir Gedanken und bin eifersüchtig. Ein Hin und Her, es fällt ihr schwer, die Gefühle zu ordnen. Er umhüllt sie mit Liebe. Was das sein kann, weiß ich nicht genau. Wahrscheinlich tut er alles für sie, was bei mir nicht der Fall war. Anstrengend ist die Sache, es geht auf und ab. Fest steht: Ich kann sie nicht loslassen und sie will mich auch, denn sie liebt mich. "Ich bin schwach geworden, ich hatte Sex mit ihm!" sagt sie am Telefon zu mir. Das bringt mich dazu Abstand von ihr zu nehmen. Es tut weh!

In vierzehn Tagen sind wir mit der Band in Österreich, irgendwo in der Nähe vom Red Bull Ring, fast in Slowenien. Eine Woche später spielen wir wieder, wie letztes Jahr im Juli, in dem Schlosshof in Freiburg. Praktisch, dann lass ich mich auf dem Rückweg von Österreich in Nürnberg absetzen, fahr von dort mit der Bahn nach Freiburg und miete mir für die Woche dort ein günstiges Zimmer für zwei. Bin gespannt wie Julie reagieren wird, wenn ich ihr von meinem kleinen Urlaub in Freiburg berichte. Immer noch wohnt sie bei dem neuen Lover, den sie nicht liebt; ist ja auch praktisch dort: Mietfreie Wohnung, Muskelmann und Sex wenn nötig. Der Mann weiß inzwischen, was in seiner Königin vorgeht und tut mir deswegen etwas leid. Ist auch echt krass, was Julie veranstaltet! Ist klar, sie ist dreißig und sucht ein Nest zum Vermehren. Er hat schon Kinder, ich nicht. Er ist dumm, ich bin nicht dumm. Er wird bis zur Rente seinen jetzigen Job ausüben und in der Freizeit die eventuell vorhandene Kreativität wegkiffen. Ich bin Künstler, bei mir kann alles passieren. Ob reich oder arm, es ist immer spannend und es gibt immer was Neues. Handy blockieren bringt Ruhe in das Gehirn, aber es gibt ja noch die gute alte E-Mail:

Benno, mein Herz sehnt sich nach Dir, es stirbt im Moment, mit mir. Ich fühle mich verlassen. Ich habe Dich so sehr verletzt. Ich würde gerne alles wieder rückgängig machen. Nimm Dir die Zeit, die Du brauchst, aber komm zurück. Ich liebe Dich so sehr und will alles wiedergutmachen. Du bist einzigartig und ich möchte mit Dir Leben bis zum Tod. Ich suche mir jetzt ganz schnell eine eigene Wohnung. Ich brauche die Zeit und den Genuß mit Dir, ich brauche das, was mir einst gegeben worden ist! Ich bin so dumm gewesen, unglaublich dumm. Du sagtest, dass Du mich abgöttisch liebst. Das ist wunderschön und ich denke immer daran. Es fällt mir schwer, nicht ständig zu heulen.

Ich bin Deine Julie! Ich liebe Dich... für immer!

Ich sterbe auch Julie, schön, dass Du schreibst, ich habe schon etliche Male nachgeschaut, ob Du schreibst, dachte, Du hast mich eventuell abgeschrieben. Was passiert ist, ist passiert. Ich kann da noch nicht mit umgehen, gib mir Zeit, Julie. Ich bin bei Dir, lass dich nicht verführen, bitte. Ich muss weg, bis denne, meine liebe, süße Julie. Ich lass das Handy noch blockiert, es ist zu anstrengend für mich ok?

Auf dem Weg nach Österreich teile ich Julie mit, dass ich eine Woche vor unserem Gig im Schlosshotel, also übermorgen, in ihrer Nähe sein werde. Ein Zimmer am Stadtrand von Freiburg ist gebucht und die Bahnfahrt auch. Als sie die Nachricht bekommt, reagiert sie gestresst, was ich gut verstehen kann. Julie wird es nicht schaffen, mich nicht zu treffen, wenn ich dort bin. Sie wohnt ja noch bei ihm, muss da raus und kümmert sich jetzt noch intensiver um eine neue Bleibe, schreibt sie.

Die Fahrt von Nürnberg nach Freiburg dauert ewig, die ganze Nacht. Morgens um kurz vor sechs komm ich an, stehe im Bahnhof und bin hundemüde. Wo soll ich hin, was soll ich machen? Um siebzehn Uhr ist erst der Check-In und Julie arbeitet. Der Plan war, mich hier in einen Park zu legen und in der Sonne zu schlafen, aber es regnet und regnet im Juli im Breisgau. Irgendwo muß ich einen Platz zum Ausruhen finden. Ich rufe Julie an. Im Thermalbad wäre es schön, sagt sie, da sind auch Liegen, Bademäntel und Handtücher. Danach könnte ich sie von der Arbeit abholen, wenn ich möchte. Genauso habe ich mir das gewünscht, ich will sie sehen, so schnell wie möglich. Thermalbad? Da Freiburg eine reiche Stadt ist, glaube ich, wird das Thermalbad wohl auch entsprechend komfortabel sein. Der Entschluss ist gefasst, ich fahre da jetzt hin, zum Schlafen und vielleicht auch um ne Runde im warmen Wasser zu plantschen. Der Mercedes ist nagelneu. So ein Display, schätze mal, das ist einen halben Meter breit, hab ich noch nie gesehen. Momentan dient es als Navi. Der Taxifahrer gibt die Route ein und wir fahren ab. Wie hat er die Route eigentlich eingegeben? Wir fahren auf die Stadtautobahn Richtung FC Freiburg Stadion. Geiles Feeling hier mit der Luxuslimousine kutschiert zu werden. Abfahrt runter, in ein waldiges Gebiet und wir sind da. Hier sind einige Sportzentren vom Feinsten, die die Profis davor bewahren, zu früh den Geist aufzugeben. Sie sollen rennen und fighten bis nichts mehr zu reparieren ist. Der niedrige Eintrittpreis hier im Thermalbad ist schonmal sympathisch. Badehose und Chinelas, auf Deutsch Flip Flops, hab ich zum Glück dabei. Ich greif mir einen Bademantel und ein Handtuch. Das Bad ist groß, hell und warm. Draußen verzieren Bäume den Ausblick. Nachdem ich ein bisschen umhergelaufen bin, um mir die ansprechendste Schlafecke zu suchen, lass ich mich auf einer Liege nieder und penne ein. Ab und zu öffnen sich meine Augen und checken die Lage. Die meisten Gäste hier sind Rentner. Opa und Oma versuchen ihre Schwerfälligkeit vor dem Enkelkind zu verbergen und geben alles um vital zu wirken. Zwei Mütter bewachen ihre Kleinen, bei den ersten Schwimmversuchen im Babybecken. Keine Teenys durchbrechen die Ruhe mit pubertärem Gekreische. Die sind noch in der Schule und lernen stundenlang zu sitzen. Nach zwei Stunden erhebt sich mein Körper und wandelt in den Whirlpool. Schön, etwas vom Wasser durchkneten lassen und Abstand von den Gestalten halten, die hier sitzen. "Guten Tag, hallo!" Alle sind sehr freundlich und besonders die Omas freuen sich über meine Anwesenheit im Whirlpool. Richtig jung fühl ich mich zwischen den alten Leuten hier. Dann gehe ich rüber in ein großes Schwimmbecken mit einer Wassertiefe von einem Meter fünfzig. Lauwarm, genau richtig, um langsam wach zu werden. Immer mehr Rentnerinnen lassen sich in dieses Becken gleiten und dann gehts los. Am Beckenrand beginnt ein durchtrainierter Mann mit den Armen zu schwenken. Dann schwenken plötzlich alle im Becken die Arme unter dem Wasser und der Mann zählt dabei bis zehn. Ich glaube, ich bin im falschen Film, was nun? Wenn ich jetzt hier rausgehe sähe das so aus, als würde ich das, was hier gerade passiert, lächerlich finden, also mach ich mit. Jede Übung wird dreimal wiederholt. Die entsprechenden Muskelstränge machen sich bemerkbar. Auf die Dauer wird es anstrengend und ich muss mich sehr bemühen den Rhythmus zu halten. Genug, ich bin bedient von der Trainingseinheit und verlasse das Becken mit einem knurrenden Magen. Der Kakao schmeckt gut und der Zwiebelkuchen auch. Noch geschafft vom Sport, tauche ich in das vierzig-Grad-Becken ein und chille ne Weile am Rand herum, bevor die Müdigkeit mich wieder auf die Liege fesselt. Nach dem Thermalvergnügen bringen mich ein paar Minuten Busfahrt an die Endhaltestelle der Tram, es gießt wie blöde. Eine Frau hier an der Haltestelle erweckt ein Vorglühen auf Julie in mir, der Po von der ist irre. Um fünfzehn Uhr hat Julie Feierabend, ich werde sie in Kürze abholen. Die Tram fährt ein und der letzte Abschnitt der Fahrt in das Glück beginnt. Auf einer Bank, die vor dem Café steht, wartet Julie auf mich und die Begrüßung fällt, von ihrer Seite, etwas sparsam aus. Ja, sie freut sich sehr, aber der Kuss ist kein Kuss, ist nicht so wie ich ihn von ihr kenne, wenn sie richtig tiefsinnig küsst. Dann gehen wir in den Stadtgarten, um zu reden. Wir setzen uns auf eine Bank und da erzählt sie mir, was alles schlecht an mir ist und vergleicht mich mit dem anderen Kerl. Sie ist total locker und fröhlich dabei, aber ich hab das Gefühl in den Magen geschlagen zu werden. Dann beginnt es zu regnen, und wir setzen uns auf eine andere Bank, die unter einem großen Baum steht. Auf dem Weg dorthin greift sie zuerst an meinen Po und dann wandert ihre Hand auf die andere Seite, in meinen Schritt. Ich wehre ihre Hand ab, weil ich denke, dass sie sich ja noch gar nicht für mich entschieden hat. Wir setzen uns also auf die Bank und dann geht es ganz schnell, ich bin an der Reihe: "Julie ich habe in der Zwischenzeit mit zwei anderen Frauen

Sex gehabt". Sie beginnt zu kochen vor Eifersucht und Wut, ist stinkesauer, Ende im Gelände. "Das wars Benno, ich möchte jetzt gehen, weg von dir." Ich versuche noch, sie umzustimmen und sage, dass ich das gemacht habe, um mich von ihr zu befreien und mir die Frauen absolut nichts bedeuten, dass ich es hier und jetzt sagen musste, wegen des Gewissens. Es bringt nichts und wir gehen zur Bushaltestelle. Im Bus erklärt sie, mit welcher Buslinie ich zu meiner Unterkunft komme. Nachdem ich ausgestiegen bin, um umzusteigen und der Bus fast schon abfährt, stehe ich vor dem Busfenster hinter dem sie sitzt und lächle sie verschmitzt an. Der Bus fährt ab und ich fühl mich frei, aber nicht lange. Ich habe mich ja nach dem Sex mit den anderen Tanten ganz kurz etwas besser gefühlt, aber halt nur ganz kurz, dann hat Julie mich wieder in Besitz genommen und ich habe gemerkt, dass es alles nix bringt. Nur Julie kann mir geben, was ich brauche! Julie, das Wesen, der Übermensch! Immer noch regnet es. In einem ruhigen Wohngebiet angekommen, suche ich nach der Unterkunft, zum Glück habe ich einen Schirm dabei. Die Klingel neben dem Metallgatter scheint nicht zu funktionieren. Siebzehn Uhr treffen, war abgemacht. Es ist siebzehn Uhr, aber kein Mensch zu sehen. Nach einer Weile rollt ein SUV auf den Parkplatz. Ein sympatisch aussehender Mann steigt aus und begrüßt mich.

"Entschuldige!", sagt er und wir gehen auf das Grundstück. Nachdem er mir den Zahlencode von der Haustür, mein Zimmer mit Bad und die Küche für alle, gezeigt hat, lässt er mich alleine. Mein Zimmer ist Klasse, ich kann direkt in den Garten sehen und gehen, wenn ich will. Der Schreibtisch ist groß. Wenn das mit Julie weiterhin in die Hose geht, werde ich die Woche hier schreiben, was mir einfällt. Erstmal duschen und traurig auf dem Bett ausruhen. Die Haustür rumst und Stimmen erklingen. Ich bin neugierig, wer ist meine Gastgeberin? Bei der Buchung tauchte nur ein Frauenname auf. Mal gucken, wie die so ist. Vom Flur aus sehe ich im offenen Wohnraum zwei Personen am Tisch sitzen, der Mann, den ich schon kenne und sie. Ich stelle mich vor und werde daraufhin zu einem Bierchen eingeladen. Quatschen, lachen, trinken, die Zeit vergeht schnell. Die Gastgeberin könnte Architektin sein, denn das Haus und die Einrichtung deuten darauf hin. Sehr locker ist die Frau auf jeden Fall. "Gute Nacht und vielen Dank",sage ich und gehe zum Schlafen in mein Zimmer. Das Handy liegt auf dem Bett. Julie hat sich spät gemeldet und sagt mir gute Nacht, aber ich soll nicht antworten. Das tut gut, ich bin ihr unheimlich wichtig und antworte mit einem OK. Am Tag darauf meldet sie sich morgens wieder, gleich viermal und schreibt unter anderem, dass sie mich liebt. Gegen Mittag fahr ich in die Stadt und kaufe in dem geilsten und auch teuersten, Schuhgeschäft Freiburgs Ghost Schuhe für dreihundertfünfzig Euro. Der Inhaber des Ladens klebte mir die Schuhe sozusagen an die Füße. Seine Verkaufsstrategie, sich mit mir über Musik zu unterhalten und dann auch noch zu sagen, dass Helge Schneider Kunde ist und er selber Bass spielt, ist voll aufgegangen. Ich musste die Unikate kaufen. Von dort aus schreib ich Julie, dass ich sie gerne sehen will. Doch sie kann es nicht zulassen, weil sie Zeit zum Denken braucht. Ich versuche sie sachte umzustimmen, aber sie will nicht und schlägt vor, dass wir uns übermorgen treffen. Wenig später teilt sie mir mit, dass sie morgen nach der Arbeit zu mir kommt. Wenn sie kommt, wird es krachen, in positiver Hinsicht, herrlich schön krachen. Wir werden verschmelzen wie Wachs und unsere zarten Körper endlich wieder aneinander gleiten lassen. Julies Bus kommt an. Mit einem großen Koffer steigt sie aus. Wir küssen uns, sind heiß und genauso wie vorgestellt, läuft es dann auch im Bett, ich bin wieder Gott. Sie liegt neben mir in meinen Armen und drückt sich feste an mich. Ich habe sie wieder, sie ist meine, ich liebe sie. Beim Spazieren durch ein Wäldchen sehen wir an einem Bach eine Libelle mit blaugrünen Flügeln. Beide sind wir von dieser Farbenpracht beeindruckt. Im Döner-Laden, gleich hinterm Wäldchen, holen wir uns was zu Essen und setzen uns, dann wieder im Grünen, auf eine Bank. "Ich bin wieder schwach geworden bei ihm.", sagt sie mit einem neuen Lächeln. Langsam gewöhne ich mich daran und denk mir meinen Teil. "Warum lächelst du dabei so komisch?", frage ich weil ich denke, dass es ihr Spaß macht, mich zu verletzen. "Ich weiß, dass es zum Weinen ist, darum lächle ich lieber. Ich mach das eben so, aber ich werde das mit dem nie wieder tun!", sagt Julie. Weiteres Gefrage erspare ich mir. Drei Nächte sind wir nun hier und heute gehts in das Schlosshotel, ich werde dort ein Zimmer auf meine Kosten buchen müssen. Für uns ist Check-In ausnahmsweise schon um zwölf Uhr und das Nobelzimmer ist günstig. Julie hat ja mal dort gearbeitet und bekommt deshalb Sonderkonditionen. Sie will ein Kind von mir, sie will, dass ich nach Freiburg komme, sie will mich ganz, sie hat ihn verlassen, darum der Koffer. Vor dem Konzert am Abend gehe ich im Pool schwimmen, Julie schaut zu. Das Wetter ist inzwischen super. Danach trinken wir Wodka mit Orangensaft, umsonst. Auf unserem Zimmer gehts dann richtig zur Sache bis Julie sich plötzlich genervt erhebt, weil ich nicht in ihr kommen will und kann. Mich bremst was ganz gewaltig! Der Soundcheck steht nun an, Julie ist auf dem Zimmer geblieben. Beim Konzert erblicke ich sie dann im Publikum und bin wieder überglücklich. Sie strahlt mich an und beim nächsten Versuch, mir die Energie ihrer Blicke zu erhaschen, ist sie weg. Meine Augen finden sie nach drei gespielten Songs an einem anderen Platz wieder, alles gut!

Diesen Sonntagmorgen werde ich mit der Band im Bus Richtung Holland fahren. Zwei Stunden vor meiner Abfahrt begleite ich Julie und ihren Koffer zur Bushaltestelle, sie muß zur Arbeit. Wo sie danach schlafen wird, weiß sie nicht. Julie ist nun obdachlos wegen mir. Als wir in Holland, irgendwo am Rhein, angekommen sind, schreibt sie, dass immer noch kein Schlafplatz gefunden wurde. Mich kümmert das nicht besonders, weil meine Gedanken eher in Richtung Eifersucht und Wut gehen. Sie war untreu und grinste, als sie es mir sagte. Das andere Mal davor hat sie sich den ganzen Abend und die Nacht einfach nicht mehr gemeldet. Den Blick auf den Rhein gerichtet. Ruhe und Weite. Die Zigarette schmeckt. Vibration in der Hosentasche unterbricht die meditative Phase. Julie ist am Telefon und jammert, weil sie keinen Schlafplatz findet. Anstatt ihr zu helfen, lass ich meiner Wut freien Lauf, bis ich auflege. In den folgenden Wochen geht es hin und her. Vorsichtig finden wir wieder zusammen. Julie hat endlich ein Zimmer in einer

WG gefunden. Meine Gedanken kreisen um den Entschluß nach Freiburg zu ziehen: "Ich kann nicht sagen, wann ich für immer nach Freiburg komme!", wie oft habe ich ihr das schon gesagt? Sie trifft sich mit dem Verlassenen, ich höre nichts mehr von ihr und bin sauer. Entschuldigungen und Gejammer, alles schriftlich übers Handy. Julie ist unentschlossen, weil der andere so lieb ist. On-Off, hin und her, Schluss und wieder versöhnen in kurzen Abständen. "Nimm dir Zeit, mach, was gut für dich ist, du bist ne Klasse Frau und machst alles richtig." Ihr fällt nichts besseres ein, als sich wieder mit dem zu treffen, obwohl sie weiß, dass sie mich damit sehr verletzt. Ich habe sie eigentlich schon verlassen, sage es aber nicht, weil ich mein Leben gerne ändern möchte und sie mir dabei hilft. Es geht weiter, on-off, Schluss, Versöhnen, Meckern und Bewundern. Das ist nicht das, was man sich unter einer intakten Beziehung vorstellt, nein, es ist krank. Mein größter Traum ist mit Julie glücklich zu werden und Kinder zu haben, doch sie fordert Verhaltensweisen, die ich nicht erfüllen kann. Sie will unbeschwert sein, wer will das nicht? Ich soll sie umhüllen mit Liebe und Fürsorge-sie quasi behandeln wie ein Baby. Und das Schlimmste ist: Ich vertraue ihr nicht, denn sie will sich immer gutfühlen und das könnte gräßliche Situationen für mich herbeiführen. Wenn ihr Körper Sex braucht und sie grad nicht zufrieden mit mir ist, dann wirds gefährlich. Julie ist so gestrickt, dass sie es einen dann auch spüren lässt, wenn sie betrügt. Das ist irgendwie ehrlich, aber sehr schmerzhaft. Ich will keine Schmerzen mehr haben und deswegen beende ich die Sache jetzt für immer.

Weihnachten war diesmal ohne Julie, dafür waren wir Silvester in Villingen-Schwenningen im Hotel und ein paar Wochen vorher waren wir am Schluchsee. Auf dem Touriboot fuhren wir über den See, die Sonne schien und Arm in Arm standen wir draußen am Heck. Die besten Plätze am Ufer haben wir erspäht und davon geträumt, da im Sommer zusammen Spaß zu haben. Jedesmal wenn ich zu ihr fahre, denk ich, das muss das letzte Mal sein, aber ich bring es nicht über das Herz, es ihr zu sagen und damit auch mir die Geliebte zu nehmen. Es wird immer schlimmer, ich quäle mich nun schon über ein halbes Jahr, bis es aus dem Bauch heraus, vielleicht verfrüht, kommt. So gegen Mitternacht, wir liegen in ihrem ein-Mann-Bett und ich umarme sie von hinten: "Ich glaube dies wird das letzte Mal sein, dass wir uns sehen!" Ihre Reaktion ist keine, also keine mir gegenüber. Was denkt sie? Als wenn nichts gewesen wäre, erwacht sie morgens und macht sich fertig wie immer. Die Luftmatratze, auf der ich geschlafen habe, stelle ich hochkant gegen den Schrank und erfrische mich an dem Waschbecken, welches sich zum Glück hier im Zimmer befindet. Danach begleite ich sie zur Arbeit. Auf dem Weg suchen wir das Eichhörnchen von vorgestern, aber es ist heute nicht da. Fünf Nächte bin ich voraussichtlich noch bei ihr. Als wenn nichts gewesen wäre, so verhalte ich mich nun auch. Alleine im Kopf rotiert das Unausgesprochene.

Auf Erkundungsreise auf dem Schlossberg, auf der Suche nach französischen Festungsanlagen sehe ich mir alleine, Julie arbeitet ja, Freiburg von oben an. Wird es eine Erinnerung oder komm ich nochmal hierher? War`s das mit Freiburg, dem Breisgau, dem Schwarzwald und mit Julie? Beende ich oder beenden wir, die Beziehung wirklich? Die Tage und Abende sind schön, es gibt keine Diskussionen und keinen Sex. Einfach die Nähe zwischen uns, das Küssen, Schmusen und Anfassen sagen jetzt genug. Am Mittwoch fahren wir mit dem Bus raus aus der Stadt. Julie hat zwei Tage frei und heute ihre erste Gesangstunde bei einer Frau in einem Dorf, sie ist aufgeregt. Sie wollte fast schon absagen, weil der Bus viel zu spät kam und die Zeit knapp wurde, aber ich hab sie gedrängelt, den Termin nicht sausen zu lassen. In einem Café an der Bushaltestelle warte ich nun gespannt darauf zu erfahren, wie die Gesangsstunde war. Die Stunde war sehr angenehm, berichtet Julie mir, als sie wieder auftaucht und ist happy. Dass sie das macht, war mir sehr wichtig und jetzt bin ich stolz, weil ich sie dazu ermutigt habe. Für die letzte Nacht, Donnerstag auf

Freitag, buchen wir uns, auf meine Bitte hin, ein Appartement. Noch einmal neben ihr schlafen, ist mein Wunsch. Im Augustinermuseum und danach im Museum "Natur und Mensch" verbringen wir die Zeit am Donnerstag. Zwischendurch trinken wir Kaffee und gehen in ihr Lieblingsmodegeschäft. Am Abend im Appartment im Bett reden wir nochmal ernsthaft über unsere Beziehung. Besser gesagt, ich rede fast nur und heule, weil ich nicht weiß, wie es weitergehen soll. Julie schlägt vor so weiterzumachen wie bisher, aber ich sage ihr, dass ich es nicht kann. Daraufhin verschwindet sie länger auf der Toilette, viel länger als normal und ich heule noch heftiger weiter. Als sie wieder erscheint, ist meine Heulerei ausgeklungen. Den Vorschlag Julies, zwei Wochen mal nichts mehr voneinander zu hören, find ich gut und sage ihr, dass ich in der Zeit mal runterkommen will, um mir klar zu werden, was los ist. Ich mach den Fernseher an, lege ein paar Kissen zurecht und biete mich als Rückenlehne für sie an. Es ist schön, ich habe sie nun, als wenn ich ein zugeschneiderter Sessel wäre, ganz nah an mir dran. Irgendwann begebe ich mich dann in Schlafposition und schlafe ein. Kurz vor sieben am Morgen fährt mein Zug. Es ist noch dunkel draußen und es regnet. Ich dusche und pack alles zusammen. Julie schläft, ich küsse sie und sehe mir, danach und davor, ihr Gesicht an. Dieses Gesicht, ich liebe es so sehr. Die Türe des Appartments fällt ins Schloss, das war es, ich bin weg. Mit einem guten Gefühl, einem Gefühl der Befreiung gehe ich zum Bahnhof und fahre ab. Um zwanzig nach acht kommt die erste Nachricht von ihr, aber ich schaue nicht nach. Erst um zwölf lese ich und merke, dass sie kommunizieren will. Ich antworte auch und schreibe von einem Wunder, das passieren könnte. Andererseits lasse ich sie spüren, dass ich, wie sie es vorgeschlagen hat, eine Pause will. Als ich zuhause bin, schreibt sie um halb elf am Abend: "Ich denke an Dich". Zwei Stunden später antworte ich dasselbe. Samstag schreibt sie dann um fünfzehn Uhr: "Ich lass es jetzt", und ich antworte mit schönen Worten, wie sehr sie in meinem Herzen verankert ist und wie toll ich sie finde. Jetzt ist wirklich Pause mit der Schreiberei. Es schmerzt nicht, bei mir nicht und mir wird gar nicht bewusst, dass ich alles offen gelassen habe. Was ist jetzt, ist es vorbei, geht es weiter, passiert ein Wunder? Die Mittel, das Geld, müssten schnell vom Himmel fallen und ich würde es versuchen, nochmal versuchen mit dieser Traumfrau zu leben, zu lieben, Kinder zu haben und in Geborgenheit zu sterben. Im Moment mach ich mir aber keine Gedanken darüber es ist ja Pause, ich fühl mich prima. Zwei Wochen Zeit, um alles sacken zu lassen. Julie ist völlig im Ungewissen, was nun los ist, sie denkt es ist vorbei, will es aber nicht wahrhaben. Sie hat mir soviel Chancen gegeben, will ich noch eine? Jetzt müsste bald eine Entscheidung von mir fallen, sonst ist sie weg und schreibt mich ganz ab. Das will ich aber nicht, ich bin verrückt nach ihr und brauche ihre Liebe, nur damit fühl ich mich frei. Eine Woche später, also eine Woche zu früh, meldet sie sich, sie möchte am Osterwochenende kommen. Das Efeu muss geschnitten werden-zum klar Denken können. Überrumpelt von ihrer Nachricht, arbeitet mein Hirn neben der Gartenarbeit. Nach einer Stunde kommt mein Entschluss: "Ja, gerne, komm!" schreib ich zurück. Sie will Sonntagabend kommen und Montag wieder los, das passt, weil ich Sonntagmittag Besuch von Verwandten habe und Montagabend eine Probe, für die ich mich auch noch vorbereiten will. Ich frage noch, wann sie denn Montag wieder zurückfährt, aber höre erstmal nichts mehr von ihr. Zwei Anrufe bringen auch nichts, sie ist beschäftigt. Dann ruft sie nach einer Stunde an und sagt, dass sie die Bahnfahrt gebucht hat. Sonntagmorgen, um halb elf, wird sie kommen und spät am Montagabend wieder gehen. Das war anders geplant, so gefällt mir das gar nicht. Wir diskutieren am Telefon kurz über ihren Aufenthalt. Bei mir zieht sich alles zusammen, das bedeutet Stress. Wenn sie hier ist, kann ich mich nicht auf andere Sachen konzentrieren, ein beschissenes Problem, mein

Problem! Aus dem Bauch heraus oder woraus auch immer sage ich: "Ich will nicht, dass du kommst." Sie legt auf. Nochmal rufe ich sie an, warum weiß ich nicht. Nur Tuten am Hörer. Sie schreibt: "Wenn du mich jetzt abweist, sehen wir uns nie wieder". Die Reaktion von mir darauf bedeutet: Ich weise sie ab. Scheiß-Problem, Scheiß-Problem! Wieso versuche ich, wenn sie da ist, ihr alles recht zu machen und sie zu umgarnen? Andere Sachen und Menschen vergesse ich dann. Nur für sie will ich da sein, aber das ist nicht gut, weil ich im Endeffekt dann auch unzufrieden mit mir bin und denke, dass ich nicht weiterkomme. Jetzt ist es ganz vorbei.

Eine Woche ist vergangen und der Kontakt zu Julie ist verstummt. In Magdeburg steh ich auf der Bühne und erledige meinen Bassjob wie immer. Wenn meine Konzentration nicht zu sehr beansprucht wird, denk ich an Julie und bin traurig. Plötzlich, ich glaube, ich seh nicht richtig, steht Jasmine von der Flamencofarm vor mir im Publikum und strahlt mich an. Sofort werden die abgestorbenen Glückshormone zum Leben erweckt. Unglaublich, wie schnell sowas gehen kann. Eine Ersatzfrau fällt vom Himmel! Nach dem Konzert eile ich so schnell wie möglich ins Foyer, um sie abzufangen, was auch klappt. Sie ist mit ein paar Bekannten hier und will mit denen gleich eine chillige Kneipe aufsuchen. Wo das sein könnte, weiß sie nicht, da sie nur zu Besuch in der Stadt ist. Wir unterhalten uns und ich mach ihr schöne Augen, Terence Hill lässt grüßen, bis die Bandkollegen mich zum Gehen auffordern. Meine Band muss wie immer geschlossen zum Hotel fahren und es ist mir deswegen jetzt nicht möglich, Jasmine zu begleiten. Mein Akku vom Handy ist alle und das Ladekabel habe ich vergessen. Wie finde ich Jasmine in einer fremden Stadt wieder? Als wir vor dem Hotel parken, stelle ich zum Glück fest, dass wir mitten in Magdeburg City sind. Nach dem

Einchecken frage ich die Dame an der Rezeption, wo das Kneipenviertel ist und mach mich, in der Hoffnung, Jasmine zu finden, auf den Weg. Erstmal ist hier alles häßlich, so im 70's Baustil gehalten. Dann, etwas weiter, Richtung Kneipenwitterung, lauf ich an einem abgefahrenen Hundertwasserhaus vorbei. Es ist pink und hat überall unterschiedliche Fenster. Auch die Höhenanordnung der kleinen Fenster ist bunt durchgemischt. Jetzt beginnt die Altstadt, glaube ich, die ersten Kneipen tauchen auf. Die Suche beginnt in dem ersten Stinkschuppen rechts. Da ist sie nicht und ich wechsele die Straßenseite zur nächsten Alkoholbude. Auch nichts! Ein Lokal lass ich aus, weil es gar nicht zu Jasmine passt. Ich checke bis zum Ende der Meile alles ab, aber finde sie nicht. Rückweg ist angesagt. Ein dunkler Typ fragt mich: "Koks?" "Wieviel brauchst du denn, ein Kilo?", frage ich und der guckt doof. Die ausgelassene Loungekneipe kommt mir wieder in den Sinn und ich geh da rein. Nichts zu sehen, auch, weil zwischen den Tischen so Trennbretter als Sichtschutz angebracht sind. Weiter hinten in dem Teil steh ich auf einmal genau vor Jasmine, freue mich und setze mich neben sie. Sie freut sich auch. Wir unterhalten uns und haben richtig Spaß. Ich will mehr von ihr, soll ich es ihr sagen? Dann erzählt Jasmine, dass sie in einer Woche mit ihrem dreijährigen Sohn Bekannte in Fischtown besucht. "Da wohnst du doch ganz in der Nähe, oder?", fragt sie. "Ja, gleich an der Stadtgrenze. Wo bist du denn da, wenn du da bist?" "Äh, der Stadtteil heißt, glaube ich, Leherheide", sagt Jasmine. "Leherheide, da kann ich quasi hinspucken, das ist ja wohl der Hammer. Dann besuch mich, wenn du Zeit und Lust hast." "Ja, da wollte ich drauf hinaus, Benno", sagt sie und lächelt mich vielsagend an. Das kann doch nicht sein, also kein Zufall! Ich verstehe nicht, wie sich die Dinge so aneinanderreihen oder hat Jasmine das alles geplant? Ist sie die Rettung aus meiner Trauer? Gleich am ersten Tag ihres Besuches in Fischtown meldet sie sich bei mir und fragt, ob ich am Abend Zeit habe. Ich muss sie vertrösten, denn ich habe eine wichtige Probe. Wir verabreden uns für den nächsten Tag in einer afrikanischen Kneipe, um acht Uhr abends. Ich habe den Laden vorgeschlagen, weil es der einzige mit bequemen Sitzmöglichkeiten in dieser Stadt ist. Es sind wenig Gäste da, es ist ja erst acht und das Ledersofa ist frei. Ich setze mich, denk an Jasmine und Julie. Jasmine kommt rein und sieht mich. Sie setzt sich nah an mich ran. Wir sehen uns an. Es blitzt und stürmt bei Sonnenschein. Sie sagt nicht viel, sondern wirkt etwas schüchtern. Ich frage so Floskeln ab und erahne, was in ihr vorgeht. "Du willst Körperkontakt, ne?", frage ich. "Ja", flüstert sie und die Sache ist klar. "Ok, dann lass uns zu mir fahren." "Ja", antwortet sie. Im Auto frage ich sie nach ihrem Alter. "Ich bin dreiundzwanzig." Ach du lieber Himmel ,denke ich und fühl mich leicht schmutzig. Ich dachte sie ist älter, aber nun ist das halt so, wie es ist. Ich brauch Mund und Haut, will fühlen und vergessen. Sie will mich, also ist alles ok, ich bin kein Verbrecher.

Es dauert nicht lange, bis wir uns auf meiner Couch küssen und streicheln. Endlich verflüchtigen sich die Gedanken um Julie. Gehirnforscher wüssten wahrscheinlich genauer, was da vorgeht! Die Schmuserei wird immer extremer, Jasmine ist ultraheiß! Der Zeitpunkt, um von der Couch in mein großes Bett zu wechseln, rückt näher. Spannung erzeugen kann nicht schaden! Ich sage: "Du, ich bin noch nicht bereit dafür mit dir Sex zu machen, du bist so jung. Bitte lass uns eine Nacht darüber schlafen, ob wir das wirklich wollen." "Ok,schade!", sagt Jasmine leise und drückt sich fest an mich ran. Julie hat sich doch nicht ganz verflüchtigt, merke ich, wenn die Ablenkung nachlässt. Am Abend darauf kommt Jasmine wieder zu mir und dann dauert es nicht lange. Ich hatte nachmittags mit Herill über die Sache geredet und er meinte nur: "Ihr seid beide erwachsene Menschen!" Wir streifen die Kleidung ab. Schnell, bevor sie ihren Slip auszieht, gehe ich vor ihr auf die Knie, greif mit den Händen ihren Po und drück meine Nase gegen den Stoff, der die Blüte umhüllt. Nahtlose Unterwäsche kannte ich bisher noch nicht! Während wir Liebe machen, denk ich an nichts. Nachdem wir fertig sind, schwirrt Jasmine ab zu ihren Bekannten und ich beginne wieder zu denken. In dem alten Sekretär liegt immer noch Kleidung von Julie und riecht nach Lenor. Bevor sie umzieht, sie sprach davon, will ich ihr die Sachen schicken, denn, ob ich die neue Adresse von ihr bekommen werde, steht in den Sternen. Das Paket ist fast fertig gepackt. Die Farben und Pinsel, die sie gekauft hat, um meine Schlafzimmerwand fröhlicher zu gestalten, aber es nicht tat, sind auch da drinne. Das Bandplakat, auf dem ich wie Dracula aussehe, obwohl ich da ganz normal mit Anzug und weißem Hemd darunter stehe, wollte sie immer haben. Gefaltet leg ich es unter die Klamotten. Eine Pappe mit den Worten "Gruß Benno.", lege ich zwischen die Klamotten. Ihre Haarspülung stopfe ich noch in das Paket und fertig. Das Plakat fummele ich wieder heraus, sie will es bestimmt nicht mehr haben. Jetzt steht das Paket versandfertig in der Ecke auf dem Flur, ich kann es noch nicht abschicken.

Auf der Terrasse trinken wir Bier, quatschen und ich erzähle ihr auch von Julie, was sie etwas eifersüchtig aussehen lässt. Jasmine erregt mich, weil sie halt da ist und ich frage, als es zu kühl draußen wird: "Wollen wir reingehen?" "Ja", sagt sie. Passiv liegt Jasmin unter mir und bewegt nicht einmal ihre Hüften. Beim zweiten Mal wird sie sich etwas bewegen oder zumindest ein paar Laute von sich geben, habe ich gedacht, aber nichts davon gibt sie mir. Ich nehme ihre Hand und führe sie an mein Teil. Sie legt ihre Hand um ihn und das wars dann schon. Locker bleiben, Benno, habe Geduld! "Beweg deine Hand!", bitte ich sie. Mit meiner Hilfe tut sie es dann solange, bis ich die Hilfe einstelle. Mit Tyron, ihrem Sohn, unternehmen wir, wenn ich Zeit habe, jede Menge aufregender Sachen, die mich gut ablenken. Meistens gehen wir schwimmen in einem der umliegenden Seen oder ich zeige den beiden, die für mich sehenswertesten Plätze in der Gegend. Abends bringt sie Tyron zu ihren Bekannten und kommt dann zum Kuscheln zu mir. Jasmine ist sehr jung und ich kann mit ihr gut reden, blödeln und Bier trinken. Sie ist sparsam und liebt ihren Sohn. Anstrengende Fußmärsche und andere Outdoorstrapazen kann ich mit ihr, ohne dass sie murrt, in Angriff nehmen. Essen wird gegessen und Bedanken ist selbstverständlich. Alle Arten von Musik sind zugelassen. Leider durfte ich sie noch nicht ohne

Make-up sehen. Man sieht das bei ihr auch gar nicht wirklich, aber es ist halt drauf. Sie kann nur im Dunkeln, was wiederum eine neue Erfahrung für mich ist, das Fühlen steht im Vordergrund. Wie schon gesagt, ist sie viel zu passiv. Sie sagt, dass es mit der Zeit besser wird. Ich vertraue ihr. Ich liebe sie nicht, aber das Bäumchen der Liebe ist gepflanzt und wächst vielleicht. Bevor Jasmine wieder abreist, ich weiß nicht, wann sie abreist, möchte ich gerne noch eine Nacht in diesem nagelneuen Best Western Hotel im Fischereihafen mit ihr verbringen. Meinen Vorschlag, dort zu nächtigen, findet sie sehr schön und will sich finanziell beteiligen, was ich gut finde, aber ablehne. Die Reise beginnt: Genau zwanzig Minuten fahren wir mit dem Auto, um dann einen der letzten freien Parkplätze am Hafenbecken zu belegen. Würde ich noch zwei Meter weiter fahren, wären wir im Yellow Submarine! Hier gibt es keine Geländer oder andere Abgrenzungen zur Wasserkante, in der ganzen Stadt nicht. Beim Einchecken gibt es vielsagende Blicke des Personals. Die tuscheln bestimmt gleich das, was alle tuscheln würden. Aus dem megageilen, riesengroßen Hotelzimmer sehen wir Richtung Containerterminal, der aber sehr weit weg ist. Möwen begrüßen uns mäßig nett und fliegen elegant ganz dicht an der Fensterfront vorbei. Kein Möwenschiss am Fenster, das ist eher selten hier und zeugt von

Reinlichkeit erster Güte. Die Maisonne knallt wie die am Äquator und macht aus unserem Spaziergang eher ein Herumschlendern. Händchenhaltend erforschen wir das Hafengebiet und entdecken dabei Pflanzen, die ich hier nie vermutet hätte. Jasmine kennt sich gut mit Pflanzen aus und benennt alles an Grünzeug, was zu sehen ist. Botanisch neue Eindrücke im Hafen, aus Stahl, Beton und Wasser natürlich. Hier liegt keine Jacht von Abramovich oder was Kleineres zum Angeben, die liegen im Neuen Hafen oder da in der Nähe. Hier liegen unmoderne Boote mit zufriedenen Skippern, die gern mal einen über den Durst trinken, an Bord, im Hafen und auf hoher See. Die Polarstern liegt hier auch oft, aber heute nicht. Schrottlaubenschiffe, kleine Werften, Fischimbiss, Fischfabriken wie Nordsee, Frosta, Frozen Fisch und ganz hinten am Pier ein kleines Café mit köstlichem Biozeugs und Ministrand auf Parkplatz. Wie schön es hier sein kann, wenn alles zusammenpasst! Das Italo-Restaurant hier soll gut sein, hat aber geschlossen wegen Umbau. Wo sollen wir uns stärken für die Nacht? Ein anderes Italo-Restaurant? Ja, wir fahren ein paar Kilometer in die Innenstadt und essen dort, wo Touristen und auch wir lieblos bewirtet werden. Was solls, Hauptsache was im Magen! Im Hotel wartet Champagner zu Mitternacht auf uns zwei. Diesmal nicht aus dem Bioladen, sondern von

Aldi. Der soll ja gut abgehen, hab ich gehört! Jasmine weiß nicht, dass ich morgen Geburtstag habe. Sowas habe ich noch nie erlebt. Die Dusche hier im Hotel gestattet einen Blick auf das gleich daneben liegende Hafenbecken. Sie ist komplett aus dickem Glas gebaut und in dem offenen Badbereich sowie das Zimmer integriert. Bis zur Brusthöhe Milchglas, Kopf und Schulter, je nach Körpergröße, sichtbar. Jasmine duscht zuerst und ich sehe ihre Umrisse in Bewegung während ich im Bett rumlungere. Das ist Klasse, das gefällt mir und erregt mich. Es ist so aufregend, wenn man nicht alles sehen kann, noch nicht. Jetzt, als sie die Dusche verlässt, sehe ich sie ganz kurz nackt und mach ein Foto mit meinen Augen und dem Hirn. Bier steht auf dem Tisch. Das Fensterbrett ist so breit, dass man darauf liegen könnte. Dort platziere ich den Schampus und zwei, von der Rezeption georderte, Sektgläser. "Ich habe gleich Geburtstag!", sage ich. Sie: "Wie bitte?" Ich: "Ja klar, hatte ich ganz vergessen, ist mir gerade erst wieder eingefallen." Sie: "Oh Mann, jetzt habe ich gar kein Geschenk für Dich." Ich: "Doch, dich und das ist besser als jedes andere." Sie: "Aber, jetzt bin ich ganz verwirrt." Ich: "Das ist doch wunderbar und steht dir gut, ich gehe duschen." Versunken im warmen Wasser, bemerke ich nicht, dass Jasmine den Raum verlässt. Beim Abtrocknen sehe ich sie in voller Montur und wundre mich darüber, aber frage nichts. "Kommst du gleich ins Bettchen?", frage ich. "Ja, sofort, muß mich noch kämmen", sagt sie. Dann kommt sie ins Bett geschlüpft. Und was nun? Erstmal am Bier schlürfen, dann an ihr? Wir schlürfen beide Bier, nicht viel, aber genug, um uns leicht zu lockern. An ihr schlürfe ich nicht, also nicht an intimen Bereichen, nur Speichel wechselt den Besitzer. Normalerweise wäre nun Sex machen an der Reihe. Aber, der Ausblick aus dem Bett durch die irre breite Fensterfront ist so fesselnd, dass wir erstmal nichts anderes machen können als rauszusehen. Um zwölf Uhr öffne ich den Schampus. Als wir am Fenster stehend anstoßen geht unten auf einem Hausboot eine dicke Frau in Schlafanzug umher, das Boot wackelt wie ihr Fett. Jasmine und ich lachen, scherzen, lästern, setzen uns auf das Bett und sehen raus in die Ferne und in die Sterne. "Hier Benno, herzlichen Glückwunsch", sagt sie und drückt mir ein Geschenk in die Hände. "Hey, das geht gar nicht, du wusstest nichts von meinem Geburtstag. Oh, eine Flasche Rum, danke!" "Ich kann zaubern, das weißt du doch", flüstert sie mir in das Ohr. In Umarmung und aus dem Fenster sehend schlafen wir irgendwann ein. Das Frühstück ist der Hammer, wir sind begeistert und beschließen das hier bald zu wiederholen. Hals über Kopf ist sie am nächsten Tag in ihre Heimatstadt Dresden abgereist und schreibt am gleichen Abend, dass es zwischen uns nichts werden kann. Ja, sie könnte sich vorstellen, mit mir die Welt zu entdecken, aber sie ist durch ihren Sohn gebunden und will realistisch sein. Ich glaube ihr nicht? Schade, es war so lustig mit Jasmine. Immerhin durfte ich sie fast einen Monat als meine neue Freundin durchgehen lassen. Kein Schmerz, kein Geheule, sie wird sich wieder melden, denke ich. Die ist ja nicht tot.

Das Paket an Julie! Heute noch werde ich es abschicken. Auf dem Weg zur Post kann ich sie durch den Karton riechen, ich vermisse sie.

Das Telefonat mit Claudia von Pony Records vor einigen
Wochen war enttäuschend. Im Moment sind andere Dinge
wichtiger, aber ich soll mich wieder melden, sagte sie. Aus
Angst vor Enttäuschung zögere ich das Telefonat immer weiter
hinaus, bis mein Telefon klingelt: "Hallo hier ist Claudia von
Pony Records, hast du demnächst Zeit nocheinmal
vorbeizukommen?" Mein Herz beginnt zu pochen wie ein
Schiffsdiesel. "Äh, ja klar, wann denn?",frage ich. "Wann
würde es dir denn passen?", fragt Claudia. "Ich muss das
erstmal checken, ich ruf in ein paar Minuten zurück, ok?",
antworte ich. "Ja, ok aber bitte nicht an Wochenenden, bis
gleich", sagt sie und legt auf. Puh, das hat wieder so ein Tempo
mit der, da bleibt kaum Zeit zum Freuen und klar denken kann
ich gerade auch nicht wirklich. Meine vrschiedenen Kalender,
einer im Kopf, ein riesengroßer an der Wand und der im Handy,
sind nicht immer synchron. Ich prüfe die drei Kalender. Der
nächste Dienstag wäre gut, da hätte ich nur kurz Schule am
Mittag und sonst ist nichts. Schnell ruf ich Claudia an und wir
machen den Termin fix. Dienstag um fünfzehn Uhr soll ich bei
ihr sein. Vor lauter Freude gehe ich am nächsten Morgen
erstmal Joggen. Ich war schon ein Jahr nicht mehr Joggen und

es läuft gut. Nach einer Dreiviertelstunde bin ich wieder daheim, dusche und frühstücke mit der Zeitung links neben mir. Das Laub von letztem Jahr liegt noch auf dem Carportdach, das werde ich gleich säubern. Damit der ganze Bau nicht zusammenfällt lege ich dann immer ein breites Brett über das Wellblechdach. Vorsichtig geh ich mit der Leiter hoch, positioniere das Brett und knie mich darauf hin, um das Dach mit einem Handfeger sauber zu fegen. Es ist anstrengend, die Knie tun schon ein bisschen weh und ich muss aufpassen, dass ich mir keine Holzsplitter von dem alten Brett in die Knie stoße. Um alle Blätter beseitigen zu können, verschiebe ich das Brett immer wieder mal, bis das Dach sauber ist. Was so ein Telefonat für Energie freisetzen kann! Als Nächstes mach ich den Rasenmäher klar und mähe den Rasen auf dem ganzen Grundstück. Abends sind die Bauchmuskelübungen die letzte körperliche Aktivität. Auf einem Hocker sitzend, die Füße unters Sofa geklemmt, pump ich meinen Oberkörper hoch. Drei mal zwanzig, mit Pausen dazwischen, alle drei Tage reichen, um ein angedeutetes Sixpack zu halten. Genug für heute! Ich stehe auf und da knackt mein rechtes Knie beim Gehen so doll, dass ich es hören kann. Was kann das sein? Am Morgen danach breche ich fast zusammen als ich aufstehe. Es schmerzt wie Hulle. Kacke, ich will doch zu Claudia nach Berlin am

Dienstag. Wieso muß das jetzt passieren, warum habe ich so ein Pech? Die Frauen sind weg, das Bein kaputt und ob ich das mit Berlin hinbekomme, ist die große Frage. Die Konzertpremiere mit dem neuen Elvis-Projekt nächste Woche Freitag muß ich auf jeden Fall spielen. Kontrabass spielen in diesem Zustand kann ich mir gar nicht vorstellen, aber wer soll das sonst machen hier in Fischtown. Es gibt keinen Ersatzmann oder eine Ersatzfrau und die Gage ist schon verplant. Einem Musikerkollegen, der Anästhesist in einer Gelenkchirugie ist, schildere ich die Symptome meines Leidens bei einem Telefonat sehr genau. Ich soll mal hier und mal da drücken, sagt er. Mal sage ich „aua", mal nicht und dann sagt er: "Das klingt nach Meniskusriss, warte noch eine Woche und wenn das dann nicht besser ist, mach ich dir einen Termin beim Chefarzt. Keine Panik, es kann nichts passieren." Das beruhigt mich, gute Connection, zum Glück habe ich den kennen gelernt und war immer freundlich. Die Schmerzen werden immer schlimmer und das Knie ist jetzt dick. In dieser Verfassung kann ich doch nicht nach Berlin fahren, das ist zu anstrengend und vielleicht mach ich den Meniskus durch die Reisestrapazen ganz kaputt. Mit einem Zittern in der Hand drücke ich Claudias Telefonnummer und stammle in der Hörer: "Hi Claudia, ich habe schlechte Nachrichten. Es wird nichts am Dienstag, mein

Meniskus ist wahrscheinlich gerissen und ich kann kaum laufen." "Hm, ok, schade, ruf an, wenn du wieder einigermaßen fit bist, dann machen wir einen neuen Termin, gute Besserung", sagt sie und legt auf. Richtig Scheiße fühle ich mich jetzt und habe Schiss, dass das in Berlin in die Hose gehen könnte. Es wäre die größte Chance für mich gewesen.

Dr. Soundso, ein ortsansässiger Chirurg, ist unfreundlich und begutachtet mein Knie. Er sagt: "Ja, sieht nach Meniskusblabla aus. Ist geschwollen und da ist auch Flüssigkeit drin. Ich brauch ein Bild." Er macht sich ein paar Notizen, verabschiedet sich und geht, bevor ich was fragen kann. Einen schnellen MRT Termin zu finden, ist nicht einfach. Es gibt nur ein Institut mit drei verschiedenen Sitzen hier und die Wartezeit überschreitet einen Monat. In Hamburg oder Bremen dauert es auch so lange. Zumindest haben die mich hier auf eine Liste gesetzt und melden sich, falls ein Patient ausfällt und sie mich einschieben können. Ohne mein Betteln und dem dazugehörigen Gesichtsausdruck wäre das nicht passiert. Kaum laufen können ist schon ätzend. In solchen Situationen weiß man erst, wie gut es einem geht, wenn es einem gut geht. Im Sitzen übe ich Kontrabass für das Elvis-Konzert. Mit dieser Band spielen wir Elvis-Presley-Songs und drumherum wird eine Geschichte erzählt. Mein Job an den Schulen ziehe ich trotz des Handicaps durch, weil ich sonst keinen Pfennig sehen würde. Auf der Fensterbank liegend erteile ich Befehle an die Schüler und sie parieren artig. Das machen die sonst nie!

Mittwochmittag, ich bin gerade auf dem Parkplatz vor der Schule und will losfahren, als das Telefon brummt: "Guten Tag, hier Institut Peters, wir hätten ein MRT Termin morgen früh um sechs Uhr dreißig für Sie. Es hat ein Patient abgesagt, haben Sie Zeit?" Das ging ja schnell, damit hätte ich niemals gerechnet. Das Betteln hat sich gelohnt, ich bin happy und sage: "Ja gerne, was für ein schönes Geschenk, danke." Das Elvis-Konzert spiele ich mit extremen Schmerzen. Der Drummer, der mein schmerzverzehrtes Gesicht beim Spielen registrierte, bringt mir in der Pause ein Sack Eiswürfel.

"Dein Paket ist angekommen.", schreibt Julie. Ich denke nur: "Ah, da ist sie ja wieder." und freue mich. Dann kommt noch eine Nachricht, in der sie mir sagt, wie sehr sie mich, meine Berührungen und meinen Körper, vermisst. Nun bin ich wiedermal total durcheinander, sie will mich nochmal haben. Und ich, will ich das nochmal? Nochmal Höhenflüge und nochmal Schmerzen, nicht nur im Knie, sondern auch im Herzen? Der Herzschmerz hatte sich ja langsam beruhigt.

Einen Tag später gebe ich ihr zu verstehen, dass ich die gleichen Gefühle habe wie sie. Daraufhin fragt sie, ob wir uns zwei, drei Tage treffen wollen. Cool, sie ist heiß, ich darf sie nochmal genießen, wie geil ist das denn! Den Vorschlag, dass wir uns in Hannover treffen, nimmt sie sofort an und kümmert sich darum, eine Unterkunft für das übernächste Wochenende zu buchen. Es wird ein Hotel am Tiergarten in Hannover, mit Balkon und für nur 55 Euro pro Nacht ohne Frühstück. Die Zeit bis dahin vergeht schnell und mein Knie schmerzt seit dem Horrorkonzert immer weniger. Allerdings ist mein Meniskus angerissen, zeigt die MRT Diagnose. Der Connection-Chefarzt von der Chirugie im Krankenhaus sagte mir, ich soll nochmal zwei Wochen warten und wenn das Knie dann noch knackt, aber nicht wehtut, ist alles ok, dann wird nicht operiert.

Als ich in Hannover aus dem Zug steige, wartet Julie am Bahnsteig. Ihre Suche beschränkt sich auf den Intimbereich der austeigenden Männer. Wo ist die geniale Beule in der Hose? Als wir uns entdecken, ist die Freude beiderseits riesengroß. Warum ziehen wir uns gegenseitig so an, was ist das? Wir gehen einen Kaffee trinken und sind auf Wolke sieben. Dann fahren wir mit der schlichten Straßenbahn Richtung Tiergarten. Das Hotelzimmer ist der Hammer: Es ist extrem groß, mit Balkon und einem schönen Ausblick, wie eine Suite für 550 Euro, absolut irre! Nachdem wir geduscht haben, geht es zur Sache und Julie ist so laut als ich sie von hinten nehme, so laut war sie noch nie. Unsere Körper und unsere Zärtlichkeiten, die auch mal in leichte Gewalt ausartet, passen perfekt zusammen. Wir kennen uns und wissen, wie wir den Vulkanausbruch schön lange hinauszögern können. Das kaputte Knie macht dabei keine Probleme.

Beim Chinesen gegenüber warten wir auf freie Plätze und als wir dann so am Tisch sitzen, die Bestellung ist raus, sag ich es ihr: "Ich hatte zwischenzeitlich einen Monat lang ne Freundin, aber die hat mich wieder weggeschickt." "Wie alt war die denn?" fragt sie. "Dreiundzwanzig", sage ich. Julie ist schockiert und sagt dann, dass es nicht so schlimm wäre, wenn die Schlampe älter gewesen wäre, also älter als sie. Die Notbremsung hat gewirkt. Warum ich das, ohne vorher zu überlegen, gesagt habe, weiß ich nicht, oder doch? Will ich, dass dieses Hin und Her endgültig aufhört? Scheinbar habe ich nicht mehr die Kraft, nochmal kurzes Glück und langes Leid zu ertragen. Trotzdem haben wir noch einen netten Abend. Deutschland gewinnt gegen Schweden. Der Kroos Toni brachte die Erlösung in letzter Minute. Das Spiel lief so nebenbei, denn wenn Julie während ihrer Schönheitspflege nackt aus dem Bad kommend am Bett und vor dem Bildschirm vorbeihuschte, waren meine Augen bei ihr und nicht bei den Millionenjungs. Dieser Body, diese Bewegungen lassen die Atmung stocken, Julie ist der Hit.

Nachdem wir in einer Bäckerei gefrühstückt haben, machen wir uns mit dem Taxi auf den Weg zum Zoo in Hannover. Leichter Nieselregen, ein Schauer und zwischendurch Sonne, begleiten uns bei fünfzehn Grad an diesem Sonntag im Juni durch den Zoo. Die Woche davor war es noch richtig warm und nächste Woche soll es auch wieder gut werden. Hier gibt es einen Affen mit Discoarsch! Ich würde gerne die Tageseinnahmen von der Eintrittskasse mitnehmen. Siebenundzwanzig Euro mal die ganzen Leute hier, das wäre nicht schlecht! Das Eisbärengehege ist beeindruckend und recht groß, der Eisbär auch. Stolz posiert er vor den Gästen auf dem höchsten Punkt im Gehege. Julie und ich verstehen uns prima, aber in ihr pochert etwas, das bald raus will. Ich glaube, das mit der Jasmine war ihr zu heftig. Egal, wir genießen so lange bis sie nach dem herzlichen Abschied am Montagmorgen aus dem Zug nach Freiburg schreibt, dass sie sich nicht so gut fühlt wie auf der Hinfahrt. Schreib, schreib, schreib, Julie ist angeschlagen, die neu aufblühende Beziehung wackelt schon wieder.

Du bekommst das beste Stück Torte, Benno. Auch wenn du es nicht willst, isst du es auf, denn es steht für dich vor dir und du weißt, dass es lecker sein wird, aber ungesund! Du nimmst dir das beste Stück Torte Julie, aber isst nur dreiviertel davon, den Rest schiebst du von dir weg, denn der Boden und der Rand entsprechen nicht deinem Geschmack.

Den Samstag darauf steh ich nach zehneinhalbstündiger Zugfahrt morgens um sieben in Freiburg am Bahnhof an der Bushaltestelle. Es ist noch schön kühl an diesem Morgen und ich habe Bedenken, ob es ein angenehmer Aufenthalt wird. Ich sehe mir die Menschen an und spüre mein Verlangen. Julie ist schon wach und wartet auf mich, sie kommt runter, wenn mein Bus ankommt. Nach dem Frühstück sitzen wir im Stadtgarten und telefonieren die Hotels ab. Die erste Nacht schlafen wir in ihrem engen Zimmer, weil alle Hotels ausgebucht sind, Iron Maiden spielt heute in Freiburg! Durch meine Anspannung bekomme ich gar nicht richtig mit, was wir so machen. Am folgenden Tag nehmen wir ein Hotel. Julie lässt es sich von mir, auf dem wie dafür geschaffenem Sessel, mit der Zunge besorgen. Ich bin auswechselbar! Beide bringen wir die Worte "Ich liebe dich" nicht über die Lippen. Montagnachmittag fahr ich mit der Tram alleine, Julie arbeitet, an die Dreisam, der Fluß, der durch die Stadt fließt. Auf den riesigen Steinen, die im Fluß liegen, mach ich es mir bequem. Endlich Wasser, endlich Abkühlung an diesem megaheißen Tag Anfang Juli, es ist herrlich! An diesem dritten Abend in dem günstigeren Hotel nebenan dränge ich auf ein Gespräch. Julie macht die ganze Zeit irgendwas und ich liege, etwas genervt von dem Fernsehgequassel, im Bett rum. Ich will wissen, was Sache ist und schalte den Ton vom TV ab. "Wir sagen uns keine schönen Sachen mehr", sage ich. Julie sieht mich komisch an und setzt sich auf das Bett. Wir reden unschlüssiges Zeug und dann sage ich: "Bei Jasmine fand ich ja gut, dass sie sich entscheiden konnte!" Das war zu heftig für Julie, sie erhebt sich und regt sich auf, bis sie sich stumm neben mich legt, zugedeckt die Wand ansieht und dann sagt: "Ich will nicht mehr mit dir zusammensein, jetzt ist es raus." Tränen verlassen meine Augen und mit dem Schluchzen will ich erreichen, dass Julie es mitbekommt. Sie bekommt es mit und dann schlaf ich bald ein. Morgens streichelt sie meinen Arm, später küssen wir uns, als wenn nichts gewesen wäre. Wir checken aus und fahren, weil es regnet, mit dem Taxi zu Julies Arbeitsstelle. Dort esse ich was Feines, trinke Kaffee und lese die Zeitung. Beim Optiker nebenan find ich eine Titansonnenbrille für neunundachtzig Euro, die mir sehr gefällt. Ich kaufe sie nicht, weil ich Angst habe, sie zu verlieren. Wieder bei Julie drüben im Café, lässt sie mich durch Berührungen und Blicke spüren, dass sie heiss ist. Die restliche Zeit des Tages vertreib ich mir damit, in der Stadt die Seitenstraßen nach interssanten Läden zu durchforsten. Vor einem Handtaschenladen bleibe ich länger stehen, weil Celloklänge meine Ohren streicheln. In dem Laden sitz eine Frau und spielt virtuos auf dem Instrument, sonst ist da niemand. Nach dem zweiten Hingucken geh ich rein und frage, ob ich mir das Instrument mal ansehen darf. Nach Schauen, Staunen und einem Smalltalk verlass ich den Laden wieder und die Frau beginnt wieder zu spielen. Instrument gut, Frau gut, Handtaschen gut, alles gut, mir gehts jetzt gut. Heute Nacht um fünf nach zwölf fährt mein Zug ab. Ob Julie mir nochmal ihren Körper gibt? In einem Thai Restaurant essen wir zu Abend. Draußen, vor dem Restaurant stehen kleine Tische und Stühle, die von Hainbuchenhecken umgeben sind, wir setzen uns dort hin. "Ich liebe dich und du liebst mich. Ich liebe dich, weil du mich liebst", sagt Julie. Ja wir lieben uns, was das auch immer sein mag, aber passen nicht zusammen, denke ich und sie wahrscheinlich auch. "Ich werde dich noch lange lieben", sagt sie. Was soll mir das denn bringen, wenn wir uns nicht mehr sehen? Das Essen schmeckt sehr gut. Die frische Pfefferschote, die die Beilage verziert, probiere ich zuerst und bin begeistert.

Sie streift ihre Jeans ab, zieht ihr Shirt und den BH aus, legt sich auf das Bett und streckt mir ihre Beine entgegen. Nur ein schwarzer Slip bedeckt noch ihre Mitte, die ich mir genau ansehe. Beim Massieren der Oberschenkel beginnt sie genußvolle Laute von sich zu geben und als ich bei den Füßen angekommen bin, sagt sie: "Auch zwischen den Fingern", damit meint sie die Fußzehen. Julie ist so schön! Das Eindringen in sie ist gar nicht so einfach. Nach ein paar Stellungswechseln klappt es dann und der Stier nimmt sich, was er braucht. Julie erhebt sich, um Pipi zu machen. In der Hocke pinkelt sie in einen Plastikmessbecher und gießt den Inhalt dann in das Waschbecken. Manchmal pinkelt sie auch im Stehen da rein und zieht dabei ein Bein hoch. Nackt auf dem Bett liegend sehe ich ihr beim Pinkeln zu, bis sie fertig ist. Julie kommt nicht zu mir zurück. Nackt tänzelt sie vor mir herum und macht irgendwelche Sachen. Ich bin ganz weg von dem Anblick und genieße. Eine gute Dreiviertelstunde bleibt sie nackt in Bewegung. Unbewusst präge ich mir diesen Superbody ein. Ich muß da einfach hinsehen. Es ist Zeit, mein Bus zum Bahnhof fährt in Kürze. Nun stehe ich, ziehe meine Hose und den Rest der Klamotten an. Julie bückt sich unter das Bett und streckt mir ihr Hinterteil entgegen. Keine Zeit mehr, was zu starten, denk Ich. "Tschüss, du Zimmer", sage ich, als wir die erste Treppe nach unten gehen. Dort verabschieden wir uns mit einem Kuss. Julie dreht sich erst nach dem Wort „Tschüssi" von mir nochmal um, lächelt und geht dann nach oben. Ich glaub, sie ist froh, dass ich weg bin.

"Bleibst du bei deiner Aussage von Montag?", frage ich sie per sms ein paar Tage später. "Ja, Benno", antwortet sie. "Bist du dir ganz sicher, gibt es keine Chance mehr?" "Ich kann nicht mehr mit dir zusammensein, Benno." Mit der Jasmine-Sache hab ich geschafft, sie loszuwerden, was ich jetzt bereue, oder nicht? Was wollte Julie überhaupt in Hannover von mir? Ich wollte auf jeden Fall nicht, dass wir so weitermachen wie vorher!

Julie hat morgen ein Rendezvous mit einem Klavierlehrer. "Ich hatte bei dem eine Stunde Unterricht und kenne ihn von der Arbeit im Schlosshotel", teilt sie mir unter anderem mit. Volltreffer, es schmerzt wie Hulle und mein Energiepegel sinkt auf fast Null. Wann wird sie sich wieder bei mir melden? Dann, wenn sie die Lust auf mich überfällt? Kann ich dann nein sagen? Ich habe Angst, Angst vor der Magie Julies.

Vom Bett aus sehe ich durch das Fenster die achtunddreißig Jahre alte Eiche an. Sie ist immer da, wo sie damals auf dem Mutterkuchen von Jo nach der Geburt ihrer Tochter gepflanzt wurde. Die Äste und Blätter bewegen sich vom Westwind angetrieben Richtung Osten. Suizidgedanken machen sich in mir breit: Das Auto rollt mit Tempo hundertsechzig in die Richtung des nächsten Brückenpfeilers. Der Moment, in dem das Lenkrad nach rechts gedreht wird, naht. Jetzt lenken! Das Auto streift die Leitplanken und wird nach links geschleudert. Und was passiert dann? Auf der Aussichtsplattform des Hotels ist es windig. Das Geländer am Rand ist hoch, aber zu überwinden. Ich setze mich auf das Geländer und sehe in die Tiefe. Dann springe ich und der Fall ist überwältigend schön. Die Stadt, das Wasser und der blaue Himmel zischen durch meine Augen. Wie kann ich diese Quälerei am besten abstellen? Heute Abend sitzt Julie mit ihrem Klavierlehrer an einem Tisch und flirtet. Es wird nicht lange dauern und sie landen im Bett. Der Kerl darf sie nackt sehen. Sie liebt mich und macht das nur, weil ich sie nicht will. Nein, ich kann mich nicht töten, lieber lebe ich leidend weiter. Sterben tue ich sowieso irgendwann, das ist sicher.

So gerne wäre ich glücklich mit Julie-ich liebe sie auch. Links erahne ich die Weser und geradeaus die Nordsee, wenn ich durch das Fenster über das Flachland schaue. Die Einwohner der umliegenden Ortschaften könnte ich mit einem Tennisballwurf oder einem Pupser auf mich aufmerksam machen. Kein Berg wäre dazwischen, der den Ball aufhält, der den Geruch umleitet. Das Handy liegt auf der Fensterbank. Damit kann ich auf mich aufmerksam machen, egal, wo der Empfänger sich befindet: "Hallo Claudia, ich könnte demnächst mal vorbeischauen?" "Hey, das ging ja flott, alles wieder fit im Schritt?", ruft sie durch dröhnende Bässe. "Ja, ich bin reisetauglich", antworte ich laut und verscheuche damit die auf der Lauer liegende Katze unter dem Gartentisch. "Gut, ich muss mal eben nachschauen. Momentchen, ich mach die Musik aus.... Kannst du morgen kommen, so um 19 Uhr?" hechelt sie. Das ist wieder ein Dienstag, perfekt. "Ja OK, ich bin morgen um 19 Uhr bei dir im Studio", jauchze ich in das technische Meisterwerk. "Also bis denne", sagt Claudia und legt auf, bevor ich noch was sagen kann. Schnell suche ich mir im Netz eine Zugverbindung. Die Hinfahrt ist im Kasten. Um halb sechs am Abend bin ich am Alex, aber wann zurück? Zur Sicherheit buche ich die Rückfahrt am Mittwoch um vier Uhr dreizehn in der Nacht. Was weiß ich denn, was und wie lange wir beschäftigt sind? Vielleicht muss ich mich ja hochschlafen! Die Spannung in mir ist so stark, dass ich mich entscheide, ein paar neue T-Shirts in der Stadt zu kaufen, um auf andere Gedanken zu kommen. Die vier guten Shirts, die ich besitze, sind dreckig und zwei davon haben schon Löcher. Also auf ins Vergnügen! In Fischtown City werde ich durch die schlechte Luft in der Shopping Mall von meinem Verstand an den Deich geleitet. Die Entfernung vom Shoppinggewimmel bis zum Deich entspricht der Länge einer Viermastbark, man ist also schwupp di wupp am Wasser. Hier stehe ich nun, sehe das Wasser, den Horizont und habe dieses Freiheitsgefühl, das Gefühl alles erreichen zu können.

Im vorletzten Abschnitt der Fahrt, im ICE von Hamburg nach Berlin Hbf, sitze ich im Bordrestaurant und trinke Earl Grey Tee. Was wird Claudia sagen und was für eine Funktion hat sie eigentlich in der Maschinerie der Firma Pony Records? Eine große, junge Frau in Minijeansrock setzt sich mir gegenüber an meinen Tisch. Handball oder Basketball denke ich. Etwas später kommt ein junger Mann und setzt sich neben sie. Die beiden kommen ins Gespräch und ich lausche. Der Typ erzählt vom Studium in Leipzig und sie verpackt ihre Sätze so, dass schwer zu erahnen ist, was sie macht. Sie jobbt bei Lidl, mehr kann ich ihren Aussagen nicht abgewinnen. Der Zug hält an einem Dorfbahnhof ohne Dorf. "Wir müssen hier wegen einer Panne am Stellwerk unbestimmte Zeit warten, ein Blitz ist dort eingeschlagen. Wer draußen eine rauchen möchte, darf es tun, die Türen sind entsichert!", gibt die Durchsage zu verstehen. Zum Glück habe ich einen Zeitpuffer von neunzig Minuten eingeplant! Na dann, geh ich in Ruhe eine rauchen. Zwischen den Büschen neben dem Bahnsteig stehen zwei kleine Zwetschgenbäumchen, die Früchte sehen reif aus. Auf den Zehenspitzen stehend, pflücke ich mir zwei Exemplare und steck eines davon in den Mund. Lecker! Die Große im kurzen Rock und der Student steigen auch aus dem Zug. Sie hat schöne Beine und sieht im Ganzen hübsch aus, stelle ich nun fest. "Habt ihr Lust auf Zwetschgen, hier sind welche!" sage ich zu den beiden, obwohl der Typ mir egal ist. Mit einem Lächeln kommen sie auf mich zu und sehen die Zwetschgen über mir hängen. Jetzt streckt sich die Hübsche und pflückt sich eine Frucht. Mir wird warm, die Frau ist Klasse! Wir reden alle drei ein wenig und nach kurzer Zeit bin ich eindeutig der Sieger der Buhlerei um sie, denn der Student hört nur noch zu und guckt nett. "Bitte einsteigen, es geht weiter!" ertönt eine Stimme aus dem Lautsprecher. Wir steigen ein und setzen uns. Sie lächelt mich an, wir reden, sie spielt Basketball, mein Lieblingssport. Der Student steigt aus, was für ein Glück! Sie macht gerade Abitur, kaum zu glauben, das kann nicht sein, aber es ist so. Es liegt wohl an ihrer Körpergröße, dass sie so erwachsen wirkt! Wir werfen die Bälle des Lächelns hin und her, bis wir in den Hauptbahnhof Berlins einrollen und uns verabschieden. Immer weiter entfernt die Große sich und es vibriert in der Innentasche meiner Jacke. "Hallo Benno, hier Claudia, bist du schon in Berlin?" "Hallo, ja am Hauptbahnhof, es geht gleich weiter Richtung Alex." "Ok, wenn du hier bist, ruf mich an, ich komme dann runter." sagt Claudia und legt auf. Fragezeichen halten mein Gehirn warm! Was hat sie mit mir vor? In der U-Bahn ist wieder diese Dreckluft. Duschen wäre vor dem Treffen angebracht! Am Alexanderplatz steige ich aus, gehe direkt in die Pony Records Lobby und rufe Claudia an. Sie sagt: "Hallo, bin gleich unten!" und wie schon gehabt, legt Claudia sofort auf. Ich schätze, sie ist vierzig Jahre alt und hat ein oder zwei Kinder. Sie kommt aus dem Fahrstuhl und fragt winkend: "Ich habe Hunger, wollen wir beim Inder was essen gehen?" Ich gehe auf den Vorschlag ein. Dann fackelt sie nicht lange und spricht die Vorgehensweise der Produktion meiner Songs an, während wir durch die Straßen gehen. Mir wird jetzt klar, dass sie oder die das ernst meinen. Es fällt schwer, meine Freude zu unterdrücken, cool zu bleiben und mich zu konzentrieren. Wenn Julie wüsste, was ich hier mache, wäre sie stolz auf mich. Sie sagte des Öfteren: "Geh nach Berlin!" Nun bin ich da und kann das alles gar nicht glauben. Vitamin B, Glück und Zufall, danke! Claudia erläutert jeden Schritt, den wir gehen werden, wenn ich damit einverstanden bin. Song für Song wird in meiner Anwesenheit, von einem Specialproducer, der die modernsten Sounds auf Tasche hat, neu produziert. Es wird also jedes virtuelle Instrument neu eingespielt und versucht, es, so gut wie möglich, nach meinen Vorstellungen klingen zu lassen. Die Arrangements werden übernommen, wie sie sind, denn sie sind gut. Anfänge, Übergänge, Enden und Verzierungen werden ausgetüftelt. "Kannst du das alles selber übers Midikeyboard einspielen?", fragt Claudia. "Klar kein Problem", sage ich. "Die Videoclips kommen zum Schluss, dafür ist eine andere Abteilung zuständig", sagt sie noch. Zu dem Gesang hat sie sich noch nicht geäußert, stelle ich fest, als wir das indische Restaurant betreten. Sie zupft mich an der Jacke und deutet mit einer Geste an, dass ich ihr folgen soll. Hinten im Restaurant gehen wir durch einen Vorhang. Ein Séparée mit hundert Kissen, die eine runde, auf dem Boden liegende, Metallplatte umgeben. Claudia zieht ihre Schuhe aus, ich tue es ihr nach.

"Setz dich!", sagt sie. Wir setzen uns während ein junger Mann den Raum betritt. Claudia und er begrüßen sich, reden ein paar Takte und lachen viel dabei. Daraufhin begüßt er mich und fragt: "Essen, scharf, mittelscharf, nicht scharf?" "Mittelscharf bitte!" antworte ich. Nun stelle ich die Frage nach Claudias Position in der Firma. Sie ist Executive Recruiter, eine Art Talentscout in Führungsposition. Außerdem zieht sie die Fäden zu den Leuten, die das bestmögliche Endprodukt liefern können. Eine Pop-up drei-Sterne-Küche für meine Songs! Der Mann bringt Wasser, eine rote Flüssigkeit in einer Karaffe und dazu vier ganz normale Gläser. Claudia: "Magst du Rotwein?" Ich: "Ja, gerne" Sie:"Das ist indischer Rotwein, lass es dir schmecken!" Das Bouquet des Weines deutet auf eine Liaison zwischen einem bunten Blütenmeer und Gewitterwolken. Nach dem ersten Schluck spüre ich, wie sich der Alkohol durch die Arterien im Körper verteilt, es wird warm. "Klasse dieser Wein, ich darf davon nicht viel trinken, sonst bin ich gleich besoffen!", lalle ich als Warnung. Claudia fragt mich, was ich sonst noch so mache, bis das Essen serviert wird. Auf der Metallplatte stehen jetzt zahlreiche Töpfchen, Schalen und Teller auf denen verschiedene Saucen, Gemüse und Fladenbrote in Szene gesetzt sind. Fleisch kann ich nicht entdecken, gut so! Wie in Thailand oder dem Iran essen wir nun vom Boden, es schmeckt super. So ganz locker bin ich nicht, weil die Gesangssache noch nicht besprochen wurde. Ich frage: "Und wie habt ihr euch das mit dem Gesang vorgestellt?" "Ach ja, das Thema können wir gerne nach dem Essen angehen!" schmatzt sie. Beide hängen wir in den Kissen wie Säcke, als wir mit dem Essen fertig sind. "Noch Wein?",fragt Claudia. "Nein danke", stöhne ich und lehne mich an die Wand an. Mit etwas Anlaufproblemen kommt Claudia zur Sache: "Also Benno, erstmal brauchen wir einen Termin, um die Stücke neu zu produzieren. Ich denke pro Stück ein Tag wäre gut. Wann kannst du eine Woche kommen?" Ich sehe im Handykalender nach. "Ab Montag, dem dritten September, habe ich eine Woche Zeit, passt das?" Sie schaut auf ihr Apple-Monstrum und sagt: "OK, das geht, da muss ich noch den Franky aktivieren, das ist der Studiofreak, ich frage ihn eben." Sie fummelt und tippt. "Alles klar, die Sache läuft, Benno!" Nächste Baustelle ist der Gesang-jetzt wirds brenzlig. Im Team haben die Bossinnen und Bosse entschieden, dass das mit mir nicht geht. Ich wäre zu alt, der Gesang ist fragwürdig, die Gesangsmelodien aber supergut. Eine junge Frau, die sie noch finden müssen, soll die Songs singen. Eine Popbitch, die deutsch singt und wie das heute eben so sein muss, um fett abzukassieren, wie ein Model aussieht. "Also ihr wisst nicht, wer das singen soll, keine

Idee?", frage ich. "Ich habe in meiner Sammlung gesucht. Da gibt es schon welche, die in Frage kommen würden, aber das probieren wir mit denen erst aus, wenn die Songs soweit fertig sind", antwortet Claudia. Wird also nichts mit meiner Popstarkarriere. Dann werde ich eben ein erfolgreicher Komponist, Arrangeur und Produzent, das ist auch nicht schlecht.

Die Weinkaraffe ist fast leer, ich bin alle und kann nicht mehr denken. "Wo schläfst du heute Nacht?", fragt sie. "Ich fahre heute Nacht mit dem Zug um vier Uhr dreizehn nach Hause, muss morgen einen Kochkurs an der Schule geben", lalle ich zu ihr rüber und fahre fort: "Es macht mir nichts aus, am Bahnhof die Zeit totzuschlagen." Nach einem Espresso verabschieden wir uns vor dem Restaurant, wir umarmen uns dabei. Am Hauptbahnhof besorge ich mir ein Bier, dann macht das Warten mehr Spaß. Drei Stunden habe ich noch Zeit, also gehe ich an die Spree, suche mir eine Bank, setze mich und lasse das Geschehene Revue passieren. Ein Angler schlägt einem Fisch den Griff des Messers auf den Kopf und sticht danach einmal zu, da klingelt es bei mir im Hirn.

Drei Tage später bekomme ich eine Nachricht von Julie, fast zwei Monate war Sendepause: "Benno ich vermisse dich, ich will dich unbedingt fühlen, können wir uns in Kassel treffen?" Am Bahnhof in Kassel treffen wir uns am nächsten Tag und mir ist nach kurzer Zeit klar, dass sie nur Sex will. Sie hat wohl in der Zwischenzeit niemanden gefunden, der es ihr gut besorgt und dass es mit dem Klavierlehrer nichts wird, war mir von vornherein klar. Pianomänner sind zu kopflastig! Ein Biohotel in Wilhelmshöhe hat sie diesmal ausgesucht. Der Laden ist teuer, aber alles Bio, auch das Bett! Wir haben beide Hunger und essen in dem Bioschuppen erstmal was. Es ist lecker und teuer, das Bier powert ordentlich, besser als herkömmliche Ware. Dem Vorschlag, einen Verdauungsspaziergang anzutreten, stimmt Julie mit Verwunderung zu. Sie dachte bestimmt, ich will sie gleich nach dem Essen durcharbeiten, aber mit frischen Lebensmitteln im Bauch find ich das doof und außerdem will ich was ganz anderes von Julie. Wie von fremder Hand geleitet, biegen wir beim Spaziergang auf einen Feldweg ab, der hier gar nicht hinpasst, wir sind ja in der Stadt! Der Weg führt uns jetzt durch einen kleinen Wald. Bergauf, bergab schlängelt er sich durch, bis wir eine Lichtung erreichen. Pferde, eine Wiese mit Pferden, Julie ist entzückt. Frisches Gras wird gerupft, um die Tiere herbeizulocken und da kommen sie auch schon. Streichel, streichel, ei, ei, ei, wie schön! Das ist doch mal was, oder? Meine Arme umschlingen Julies zarten Körper, wir küssen uns und sind glücklich. Zurück im Biohotel zieht sich Julie blitzschnell aus, so wie ich es kenne und legt sich nackt auf das Biobett. "Komm her, Benno!", flüstert sie. Angezogen bleibe ich auf dem Stuhl sitzen und sage, dass ich was mit ihr zu besprechen habe. Sie deckt sich zu und schaut mich an, als wenn sie Angst hätte. "Willst du versuchen meine Lieder einzusingen?", frage ich. Nachdem ich ihr alles ausführlich geschildert habe, von wegen Popstar werden, Geld verdienen und in Videoclips rumhampeln, fragt sie mich, ob ich das ernst meine. Meine Antwort: "Natürlich meine ich das ernst, deine Stimme ist cool, du triffst und hältst Töne hundertprozentig, bist ein Naturtalent, das habe ich dir schon immer gesagt, aber du denkst ja, ich will oder wollte dir nur schmeicheln. Das du sehr hübsch und was ganz Besonderes bist, weißt du ja selber. Es ist deine Chance, was sagst du dazu?" Julie verzieht ihr Gesicht und sagt: "Ich weiß nicht, lass mich ein, zwei Nächte darüber schlafen, dann sage ich dir Bescheid, ob ich es probiere." Den Stick, auf dem der Text und die Songs einmal mit meinem Gesang und einmal ohne Gesang darauf sind, steck ich ihr, so auffällig, dass sie es sieht, in die Reisetasche. "Ich werde Jasmine das Material auch zukommen lassen", nuschele ich Richtung Wand. "Was soll das denn jetzt?", meckert Julie und drückt ihr Gesicht in das Kissen. "Das war nur ein Witz!", flüstere ich ihr in das Ohr, um die gute Stimmung wieder herzustellen. Das Ohr, ich knabbere daran, lass die Zunge hinter der Muschel langfahren und Julie brummt wie eine Hummel. "Ich will keinen Sex, nur schmusen, OK?", frage ich. "Mach weiter", schnurrt Julie.

Bei Jasmine habe ich mich gemeldet und ihr per Mail die Songs plus Texte nach Dresden geschickt. Auch sie benötigt etwas Zeit, um zu sagen, ob sie Bock darauf hat vielleicht berühmt zu werden. Claudia weiß nichts von meiner Planung, aber wenn Julie oder Jasmine oder beide das machen wollen, werde ich dafür kämpfen, dass eine von den beiden den Job bekommt.

Leider spielen wir mit unserer Band nie in Berlin oder in der Nähe. Das liegt, glaube ich daran, dass dort viel zu viel Top Acts am Start sind. Wenn es anders wäre, könnte ich mich da einfach ausklinken und bräuchte nicht, wie gerade, auf eigene Kosten mit dem Zug fahren. Berlin, da bin ich wieder! Die Woche mit Claudia und dem Producer Franky beginnt gleich voll Power. Am Montagmorgen machen wir uns in Frankys Bombaststudio an die Arbeit. Zum Glück ist die Instrumentierung meiner Songs spärlich. Schwupp di wupp sind die Instrumente für den ersten Song über die Midikeyboardtastatur eingespielt. Bass, Drums und mehrere Keyboardspuren, das ist alles. Nun ist Franky an der Reihe, Claudia hat sich inzwischen rausgeschlichen, stelle ich fest. Franky fragt mich, wie ich mir das soundmäßig insgesamt vorstelle und wir hören uns einige Beispielsongs an, die ich auf einem Stick mitgebracht habe. Er legt los, so flink, dass ich die Arbeitsschritte kaum verfolgen kann. Ich bin platt, der Kerl ist genial! Zwischendurch fragt er mich, ob es so gut ist und ich gebe ihm die entsprechenden Anweisungen für Änderungen, wenn ich es noch nicht gut finde. Alle meine Vorstellungen von Sounds und vielem rhythmischem Kleinkram setzt er um. Der Rohbau steht nun und wir fügen Effekte und weiteren Schnickschnack ein. Song eins ist im Kasten, ich bin mehr als begeistert, strahle Franky an und bedanke mich. Todmüde gehe ich vom Studio, welches in Schöneberg liegt, zu Fuß zu meinem Freund Maxl, bei dem ich die Nächte verbringen darf. Morgen um neun Uhr gehts weiter. Frankys Kaffee schmeckt und er hat auch Frühstückshäppchen gerichtet. Er betätigt die Tastatur und startet damit den gestern erarbeiteten Song. Was ist das? Alles klingt bombastischer als gestern, rechts, links, oben, in der Mitte, unten, hinten und vorne verteilt sich die Instrumentierung und saugt einen sofort in den Klangraum ein. Wie ein Taucher im Wasser, befinde ich mich in der Musik. "Ich habe in der Nacht noch daran gearbeitet", sagt Franky. Am späten Freitagabend sind wir mit den fünf Songs fertig und beschließen, einen Tag Pause zu machen. Sonntag hören wir uns mit Claudia die Songs nochmal an und wenn wir zufrieden sind, besprechen wir die nächsten Schritte. Julie und Jasmine haben sich inzwischen gemeldet, beide wollen es mit dem Gesang versuchen. Claudia, Franky und ich sind zufrieden mit dem Resultat. Den Früchten der Arbeit fehlen nur noch die Kerne, es fehlt der Gesang. Jetzt erzähl ich Claudia von meinen beiden Gesangsfavoritinnen und zeige ihr Fotos von ihnen. Claudia macht gleich wieder Nägel mit Köpfen. Nächste Woche Sonntag hat sie zwei Sängerinnen zum Testen hier, dann sollen die beiden auch kommen, Hotelkosten, Bahnfahrt etc. werden von Pony Records übernommen. Wow, das hätte ich nicht gedacht! Dass es Probleme mit diesem Termin geben wird, war klar. Für meine Band muss ich einen Ersatzmann, einen Sub einsetzen, die Gage für zwei Gigs ist also futsch. Julie schreibt, dass sie an dem Sonntag arbeiten muss und den Montag darauf auch. Da es nicht anders zu machen ist und da es sich um eine große Chance handelt, bewege ich sie mit viel Ausdauer doch noch dazu, sich den Termin auf der Arbeit freizuschaufeln. Jasmine schreibt mir einen Aufsatz, der mich ganz kirre macht. Ein Haufen Erklärungen und Begründungen weisen darauf hin, dass sie es leider noch nicht sagen kann, ob sie kommt, aber sie würde sehr gerne. Die Zeit vergeht! Ein paarmal schreibt mir Julie von ihrer Angespanntheit und Angst. Sie hat noch nie vor Leuten laut gesungen, vor mir schon gar nicht, nur leise. Jasmine weiß nicht, ob sie kommt, weil sie noch keinen Babysitter für ihren Sohn gefunden hat. Die Tage bis zum, ich sage mal, Casting, verbringe ich damit, im Garten rumzuwurschteln. Julie, ich sehe Julie bald wieder und Jasmine auch, das freut mich, fast mehr als die ganze Pony Records Sache. Da, da sitzt ein Bussard hinten im Garten auf einer zuckenden Taube, reißt und beißt bis die Taube sich nicht mehr bewegt. Dann zieht er sie unter einen Busch und frisst. Claudia hat zwei Zimmer in einem Vier-Sterne-Hotel in der Nähe des Studios für meine beiden Favoritinnen gebucht. Jasmine hat zum Glück noch ein Babysitter gefunden und macht sich morgen früh auf den Weg. Julie ist schon unterwegs, sie fährt mit dem Nightjet der österreichischen Bundesbahn durch die Nacht und ist um acht am Bahnhof Berlin Schöneberg.

Maxl und ich sitzen im Zig Zag Jazz Club in Berlin und hören Be Bop Jazz vom Feinsten.

Julie steigt aus der S-Bahn und grinst mich an. "Scheiße, bin ich aufgeregt", sagt sie. "Hast du geschlafen auf der Fahrt?", frage ich. "Ja, fast die ganze Zeit", antwortet sie. Da wir noch Zeit haben, schlürfen wir vor einem Bäckerladen zwei große Cappucino mit jeweils einem Espresso darin. Ich werde Julie nichts von Jasmine erzählen, ich will die Reaktionen der beiden sehen, wenn sie aufeinander treffen. Kurz vor neun Uhr trudeln wir bei Franky ein. In seiner Küche sitzt Claudia und die zwei, mir unbekannten Sängerinnen, Jasmine fehlt noch. Wir stellen uns gegenseitig vor und dann geht es auch schon los. Claudia, Franky und ich sitzen auf dem Sofa im Studio und die erste Kandidatin wird von mir hereingebeten. "Kannst du bitte Song eins singen und dich dabei etwas bewegen", befiehlt Claudia. Als sie anfängt zu singen, ist mein Drops schon gelutscht, die nicht! Kandidatin zwei ist eine Granate, sie hat den Song voll drauf, singt ihn gut und sieht dabei Klasse aus. Ja, die würde in Frage kommen, wenn die anderen versagen. Jasmine ist nun auch da und redet mit Julie, als ich in die Küche schiele. Die beiden lächeln, das ist gut. "Wer will?", frage ich. Jasmine erhebt sich und kommt mit mir mit. Ihr Gesang ist gut und die

Bewegungen auch, aber vom Erscheinungsbild passt sie nicht zu meiner Musik, merke ich jetzt. Sie kommt einfach zu lieb rüber. Julie redet in der Küche mit den anderen Sängerinnen und ist ganz entspannt als ich reinkomme. "So, jetzt bist du an der Reihe, Julie, komm bitte mit." Im Flur hält sie mich fest und sagt: "Benno, ich glaub ich traue mich nicht, ich habe sowas noch nie gemacht und was soll das mit der Jasmine, dieser Schlampe?" Ich sage Claudia und Franky, dass es noch einen Moment dauert bis Julie kommt. "Julie, mach das, ich weiß, dass du das kannst. Über die Jasmine-Sache können wir später reden, es geht hier doch um was ganz anderes", flüstere ich ihr zu. "Ich muss auf die Toilette", sagt sie. Es dauert und dauert bis Julie geschmackvoll aufgebrezelt und mit anderem Outfit wieder auf dem Flur erscheint. "Ich mach das jetzt!", sagt sie. Aus der Toilette schwillt sanfter Marihuanageruch.

Zu dritt sitzen wir in Jasmines Hotelzimmer am selben Abend und feiern. Wir lassen uns Bacardi Razz Longdrinks auf das Zimmer bringen und trinken bis wir nicht mehr zurechnungsfähig sind.

Ein Märchen, so schön aus dem, aus deinem Mund erklingenden, Schloss. Ein Schloss aus roten Backsteinen mit vielen verschiedenen Anbauten und Erkern, nicht kitschig, aber doch sehr verspielt. Ein Schloss aus perfekt intonierten Tönen deiner weichen Stimme gesungen.

Als Julie beim Vorsingen an der Reihe war, stand mir durchgehend der Mund offen. Mein Magen konnte die Schönheit und Kraft ihres Gesangs und ihres Ausdrucks kaum verarbeiten.

Im Radio läuft jetzt der erste Hit von Julie D. und ist auf Platz eins der Single Charts geklettert. Der Videoclip sprengt Klickrekorde und Kontostände steigen.

Jasmine und Julie sind gute Freundinnen geworden.

Dank an Jens G., Imke, Thomas und Ingo

Zeitfracht Medien GmbH
Ferdinand-Jühlke-Straße 7
99095 Erfurt, Deutschland
produktsicherheit@kolibri360.de